U0563245

“十二五”国家重点图书出版规划项目

文化系列

建安文学史话

A Brief History of Jian'an Literature

柏俊才 著

社会科学文献出版社
SOCIAL SCIENCES ACADEMIC PRESS (CHINA)

总　序

中国是一个有着悠久文化历史的古老国度，从传说中的三皇五帝到中华人民共和国的建立，生活在这片土地上的人们从来都没有停止过探寻、创造的脚步。长沙马王堆出土的轻若烟雾、薄如蝉翼的素纱衣向世人昭示着古人在丝绸纺织、制作方面所达到的高度；敦煌莫高窟近五百个洞窟中的两千多尊彩塑雕像和大量的彩绘壁画又向世人显示了古人在雕塑和绘画方面所取得的成绩；还有青铜器、唐三彩、园林建筑、宫殿建筑，以及书法、诗歌、茶道、中医等物质与非物质文化遗产，它们无不向世人展示了中华五千年文化的灿烂与辉煌，展示了中国这一古老国度的魅力与绚烂。这是一份宝贵的遗产，值得我们每一位炎黄子孙珍视。

历史不会永远眷顾任何一个民族或一个国家，当世界进入近代之时，曾经一千多年雄踞世界发展高峰的古老中国，从巅峰跌落。1840 年鸦片战争的炮声打破了清帝国“天朝上国”的迷梦，从此中国沦为被列强宰割的羔羊。一个个不平等条约的签订，不仅使中国大量的白银外流，更使中国的领土一步步被列强侵占，国库亏空，民不聊生。东方古国曾经拥有的辉煌，也随着西方列强坚船利炮的轰击而烟消云散，中国一步步堕入了半殖民地的深渊。不甘屈服的中国人民也由此开始了救国救民、富国图强的抗争之路。从洋务运动到维新变法，从太平天国到辛亥革命，从五四运动到中国共产党领导的新民主主义革命，中国人民屡败屡战，终于认识到了“只有社会主义才能救中国，只有社会主义才能发展中国”这一道理。中国共产党领导中国人民推倒三座大山，建立了新中国，从此饱受屈辱与蹂躏的中国人民站起来了。古老的中国焕发出新的生机与活力，摆脱了任人宰割与欺侮的历史，屹立于世界民族之林。每一位中华儿女应当了解中华民族数千年的文明史，也应当牢记鸦片战争以来一百多年民族屈辱的历史。

当我们步入全球化大潮的21世纪，信息技术革命迅猛发展，地区之间的交流壁垒被互联网之类的新兴交流工具所打破，世界的多元性展示在世人面前。世界上任何一个区域都不可避免地存在着两种以上文化的交汇与碰撞，但不可否认的是，近些年来，随着市场经济的大潮，西方文化扑面而来，有些人唯西方为时尚，把民族的传统丢在一边。大批年轻人甚至比西方人还热衷于圣诞节、情人节与洋快餐，对我国各民族的重大节日以及中国历史的基本知识却茫然无知，这是中华民族实现复兴大业中的重大忧患。

中国之所以为中国，中华民族之所以历数千年而不分离，根基就在于五千年来一脉相传的中华文明。如果丢弃了千百年来一脉相承的文化，任凭外来文化随意浸染，很难设想13亿中国人到哪里去寻找民族向心力和凝聚力。在推进社会主义现代化、实现民族复兴的伟大事业中，大力弘扬优秀的中华民族文化和民族精神，弘扬中华文化的爱国主义传统和民族自尊意识，在建设中国特色社会主义的进程中，构建具有中国特色的文化价值体系，光大中华民族的优秀传统文化是一件任重而道远的事业。

当前，我国进入了经济体制深刻变革、社会结构深刻变动、利益格局深刻调整、思想观念深刻变化的新的历史时期。面对新的历史任务和来自各方的新挑战，全党和全国人民都需要学习和把握社会主义核心价值体系，进一步形成全社会共同的理想信念和道德规范，打牢全党全国各族人民团结奋斗的思想道德基础，形成全民族奋发向上的精神力量，这是我们建设社会主义和谐社会的思想保证。中国社会科学院作为国家社会科学研究的机构，有责任为此作出贡献。我们在编写出版《中华文明史话》与《百年中国史话》的基础上，组织院内外各研究领域的专家，融合近年来的最新研究，编辑出版大型历史知识系列丛书——《中国史话》，其目的就在于为广大人民群众尤其是青少年提供一套较为完整、准确地介绍中国历史和传统文化的普及类系列丛书，从而使生活在信息时代的人们尤其是青少年能够了解自己祖先的历史，在东西南北文化的交流中由知己到知彼，善于取人之长补己之短，在中国与世界各国愈来愈深的文化交融中，保持自己的本色与特色，将中华民族自强不息、厚德载物的精神永远发扬下去。

《中国史话》系列丛书首批计200种，每种10万字左右，主要从政治、经济、文化、军事、哲学、艺术、科技、饮食、服饰、交通、建筑等各个方面介绍了从古至今数千年来中华文明发展和变迁的历史。这些历史不仅展现了中华五千年文化的辉煌，展现了先民的智慧与创造精神，而且展现了中国人民的不屈与抗争精神。我们衷心地希望这套普及历史知识的丛书对广大人民群众进一步了解中华民族的优秀文化传统，增强民族自尊心和自豪感发挥应有的作用，鼓舞广大人民群众特别是新一代的劳动者和建设者在建设中国特色社会主义的道路上不断阔步前进，为我们祖国美好的未来贡献更大的力量。

陈奎元

2011 年 4 月

出版说明

自古至今，始终坚持不懈地从漫长的文明进程中不断总结历史经验教训，从中汲取有益营养，从而培植广阔的历史视野，并具有浓厚的历史意识，这是我们中国文化独有的鲜明特征，中华民族亦因此而以悠久的“重史”传统著称于世。在整个人类文明史上独一无二、系统完备的“二十四史”即证明了这一点。

中华人民共和国成立后，历史知识普及工作被放到十分重要的位置。20 世纪五六十年代，著名历史学家吴晗主持编写的《中国历史小丛书》，90 年代中国社会科学院院长胡绳组织编写的《中华文明史话》和《百年中国史话》，成为“大家小书”的典范，而后两套历史知识普及丛书正是《中国史话》之缘起。

2010 年年初，为切实贯彻中央关于“做好历史知识普及工作”的指示精神，同时也为了更好地弘扬中国传统文化，我们对《中华文明史话》和《百年中国史话》

两套丛书的内容进行了修订和增补，重新设计框架，以“中国史话”为丛书名出版。第十一届全国政协副主席、时任中国社会科学院院长陈奎元亲任《中国史话》一期编委会主任，时任中国社会科学院副院长武寅任编委会副主任。正是有了各级领导的关心支持和诸多学术名家的积极参与，《中国史话》一期200种图书得以顺利出版，并广受好评。

《中国史话》丛书的诞生，为历史知识普及传播途径的发展成熟，提供了一种卓具新意的形式。这种形式具有以通俗表述、适中篇幅和专题形式展现可靠历史知识的特征。通俗、可靠、适中、专题，是史话作品缺一不可的要素，也是区别于其他所有研究专著、稗官野史、小说演义类历史读物的独有特征。

囿于当时条件，《中国史话》一期的出版形式不尽如人意，其内容更有可以拓展的广阔空间，为此2013年4月我们启动了《中国史话》二期出版工作。《中国史话》二期分为经济、政治、文化、社会和生态五大系列，拟对中国各区域、各行业、各民族等的发展历史予以全方位介绍。我们并将在适当时机，启动《世界史话》的出版工作。史话总规模将达数千种。

我们愿携手海内外专家学者，将《中国史话》《世界史话》打造成以现代意识展现全部人类历史和人类文明，集学术性、知识性、趣味性于一体的“万有文库”；并将承载如此丰厚内容的史话体写作与出版努力锻造成新时期独具特色的出版形态。

希望史话丛书能在形塑民族历史记忆、汲取人类文明精华、培育现代国民方面有所贡献，并为广大读者所喜爱。

史话编辑部

2014 年 6 月

目录
Contents

序

中平六年（189），年仅8岁的刘协在董卓的搀扶下登上皇帝宝座，是为汉献帝。此时文景之治、光武中兴这些大汉王朝的繁华都已落幕，董卓独揽大权，政治黑暗腐朽，社会矛盾尖锐，东汉王朝处于风雨飘摇之中。由于不满董卓的专权，各路诸侯群起而讨之。曹操乘势而起，于建安元年（196）迎汉献帝到许都，挟天子以令诸侯，成为实际上的统治者。曹操在政治上唯才是举，打破门阀士族观念，吸收了一批寒门士人，抑制豪强，加强集权；经济上采用屯田制，兴修水利，恢复农业生产；军事上熟读兵法，治军严整，行军有方，屡战屡胜。其为政举措符合时代潮流，士人纷纷归附，曹操力量不断壮大，在建安二十五年（220）的赤壁大战后与刘备、孙权各据一方，形成了三国鼎立的局面。

清人赵翼曾云："国家不幸诗家幸，赋到沧桑句便工。"

（《题遗山诗》）建安时期正是如此。建安时期社会动荡，民不聊生，士人如四处纷飞的候鸟，找不到可以投靠的明主。曹操顺势而导之，一大批文人纷纷聚集在其周围，从事文学创作。钟嵘在《诗品》中描绘当时的盛况时云："降及建安，曹公父子，笃好斯文；平原兄弟，郁为文栋，刘桢、王粲为其羽翼。次有攀龙托凤，自致于属车者，盖将百计。彬彬之盛，大备于时矣。"（《诗品序》）"盖将百计"，意即以曹操、曹丕和曹植父子三人为中心，形成了多达100余人的文人团体，文学史上称为邺下文人集团或邺下风流。其中，孔融、陈琳、王粲、徐幹、阮瑀、应玚和刘桢被称为"建安七子"。邯郸淳、繁钦、路粹、丁仪、丁廙、杨修和吴质，则被称为"建安外七子"。此外还有著名的女诗人蔡琰（即蔡文姬）。他们奋笔疾书，用文学书写建安历史，成为时代的最强音，铸就了文学史上的辉煌。

建安时期最优秀的文学家当属"三曹"（曹操、曹丕、曹植）和"建安七子"。曹操是建安文士的幕主，他网罗到大批文人，虽因戎马倥偬，无暇顾及文人创作，但却开创了建安文学彬彬之盛的新局面。曹丕久居邺城，与文人相互酬唱，切磋钻研，称为建安文学的实际领袖。"建安七子"以其优秀的文学创作，诗、赋、散文的全面发展，成为建安文学创作的生力军。曹植笔力雄健、骨气奇高、词彩华茂，诗、赋、表等各类文体都取得了卓越成就，是建安文学的集大成者。此外，邯郸淳、繁钦、路粹、丁仪、丁廙、杨修、吴质、蔡琰等人，或因作品无存，或因不在邺都，其文学成就很难与"三曹""建安七子”相媲美，故归入建安文学余响。

建安文学取得了杰出的成就，像曹操的四言诗、曹植与蔡琰的五言诗、曹丕的七言诗、王粲与徐幹的辞赋、陈琳的章表、阮瑀的书记等无不泽被后世，推动各种文体的发展。特别是对晋、南北朝的五言诗、七言诗、辞赋的创作产生了广泛而深远的影响。

一　文学史上的建安时代

建安，是东汉末年献帝刘彻的年号，始于建安元年（196），终于建安二十五年（220）。建安二十五年正月，曹操薨，曹丕袭丞相位；三月，曹丕改元延康，标志着历史上的建安时代的终结。建安文学，是指建安时期的文学现象。考虑到文学自身发展的规律，以及中国文学嬗变的因素，历史上的“建安”与文学上的“建安”并不能完全画等号。建安元年（196），曹操挟天子以令诸侯，开创了历史的新局面。此时东汉末年的一批重要作家已经辞世，新的一批文人诸如王粲、杨修等人已步入文坛，标志着建安文学局面的新开始。魏明帝太和六年（232），建安时期最具代表性的作家曹植去世，阮籍、何晏等新生力量崛起，标志着建安文学的结束和正始文学的开始。依照这样的划分原则，建安文学前后共计 37 年。文学史上的建安时代，指的就是建安元年至太和六年（196 ~ 232）这 37 年。这段时期，曹操、曹丕、曹植、王粲、蔡琰等一大批文学家，用自己的如椽之笔直面惨淡的人生，描绘慷慨悲凉的现实世界，抒发渴望建功立业的雄心壮志，掀起了我国诗歌史上文人创作的第一个高潮。由于这批作家的文学创作活动主要在汉献帝建安年代，故后世称之为“建安文学”。

1 群雄逐鹿

经过光武帝刘秀、明帝刘庄与章帝刘炟相继的清明统治，东汉王朝达到极盛，出现了历史上少有的太平盛世。然东汉的繁荣如昙花一现，此后逐渐走向了衰败，其毒瘤是外戚与宦官专政。汉章帝刘炟放纵外戚，致使外戚势力始涨。汉和帝刘肇10岁即位，由其养母窦太后执政，窦氏戚族掌握了朝政大权。汉和帝后来联合宦官力量消灭了窦氏，但是东汉政治的格局已经无法扭转。汉桓帝时期的梁冀专权乱政，达到了东汉外戚权力的巅峰。梁冀的两个妹妹都曾先后被立为皇后，冲帝、质帝、桓帝也皆由梁冀策立为帝。梁冀把持朝政，一手遮天，其跋扈之气焰无以言表，皇帝反而成了无权的傀儡。汉桓帝刘志联合单超、唐衡、徐璜、具瑗、左悺五位宦官诛杀梁冀，单超等五人在一日之内同被封侯，时称“五侯”。此后，宦官开始成为东汉政权的主导力量。宦官任人唯亲，排斥异己，为所欲为，其腐败比外戚更甚，这就引起了很多士大夫的不满，他们谋划除掉宦官。

延熹九年（166），司隶校尉李膺因处死宦官张让的弟弟张朔而激怒宦官，从而引发了党锢之祸。李膺等两百余人虽然被处以终生禁锢乡里的不公正待遇，但初步打击了宦官的嚣张气焰，由此拉开了朝官与宦官斗争的序幕。建宁元年（168），年仅13岁的汉灵帝刘宏登基，由其母亲窦太后临朝称制。大将军窦武与太傅陈蕃在窦太后的支持下，密谋铲除宦官。宦官反扑，窦武、陈蕃被杀，窦太后被囚禁。窦武、陈蕃被害后，宦官自行封赏、加官晋爵，完全控制了东汉的朝政，但朝官与宦官斗争并没有结束。

为了平定黄巾起义，东汉朝廷于中平五年（188）组建西园新军，置八校尉。袁绍被任命为中军校尉，曹操为典军校尉，外戚何进任大将军，但大权却掌握在宦官蹇硕的手中。袁绍抓住了何进与蹇硕不睦的机会，劝何进先诛蹇硕，取得西园八校尉的指挥权，同时引并州牧董卓入京，彻底铲除宦官。何进犹豫不决。宦官段珪等得知袁绍之谋，便先下手为强，杀死何进，劫持少帝刘辩。袁绍领兵反攻，杀死宦官两千余人。与此略后，预先得到何进密令的并州牧董卓领兵进入了洛阳。

董卓进入洛阳后，废掉了汉少帝刘辩，立刘辩的弟弟刘协为皇帝，是为汉献帝。董卓在洛阳城肆意践踏破坏，昔日繁华的洛阳已是千疮百孔，满目疮痍。初平元年（190），董卓杀掉了汉少帝刘辩和何太后，这种行径引起了地方诸侯势力的不满。冀州牧韩馥、兖州刺史刘岱、豫州刺史孔伷、南阳太守张咨等地方势力推举历代公卿的世族人士袁绍为代表，组成关东联军讨伐董卓。为了躲避关东义军的锋芒，董卓挟持汉献帝迁都长安，而长安的百姓唱着“千里草，何青青。十日卜，不得生”的歌谣盼其早死。初平三年（192）四月，司徒王允、尚书仆射士孙瑞与董卓的亲信吕布共同密谋，杀死董卓。

在讨伐董卓的过程中，全国各地形成了许多大小不等的割据势力。车骑将军袁绍与河内太守王匡屯于河内（今河南省武陟县西南），冀州牧韩馥屯于邺城，豫州刺史孔伷屯于颍川（今河南省禹县），兖州刺史刘岱、陈留（今河南省开封市陈留镇）太守张邈、东郡太守桥瑁、山阳太守袁遗、济北相鲍信、行奋武将军曹操等屯于酸枣（今河南省延津县西南），后将军袁术屯于南阳（今河南省南阳市）。他们共推袁绍为盟主，形成关东联军。此外，还有辽东公孙度、幽州刘虞、徐州刘备、江东孙策、荆州刘表、益州刘焉、汉中张鲁、凉州马腾等。他们虎视眈眈，相互攻伐，欲问鼎中原，东汉王朝陷入更大的战乱之中。

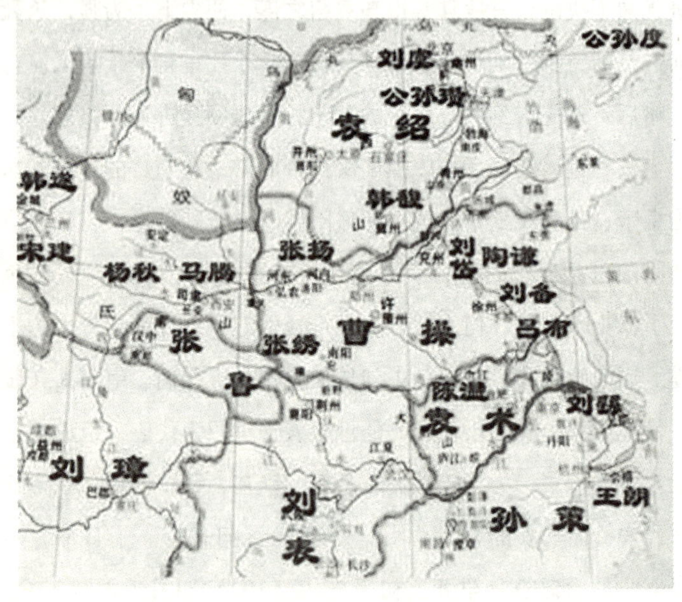

汉末军阀割据图

2　三国鼎立

在东汉末年的战乱中，曹操、刘备和孙权三个割据势力逐步脱颖而出。

在声势浩大的讨伐董卓的斗争中，曹操也不甘示弱，他改易姓名逃出京师洛阳，到陈留后，“散家财，合义兵”，号召天下英雄讨伐董卓。初平元年（190）正月，袁术等人共推渤海太守袁绍为盟主组成关东联军，曹操任代理奋武将军，参加讨伐董军。“关东有义士，兴兵讨群凶。初期会盟津，乃心在咸阳。军合力不齐，踌躇而雁行。势利使人争，嗣还自相戕。”（曹操《蒿里行》）由于关东联军“军合力不齐”，战争并没有多大进展。曹操独自引军西进，在荥阳汴水（今河南省荥阳市西南）与董卓大将徐荣交锋。因士兵数量悬殊，曹操大败，士卒死伤大半，自己也被流矢所伤，幸得堂弟曹洪所救，幸免于难。初平三年（192），曹操出任兖州牧，击败青州黄巾军，获降卒30余万，人口百余万。曹操收其精锐，组成军队，号青州兵。兴平二年（195），曹操打败吕布，破定陶、雍丘等，平定兖州。因李傕、郭汜的火拼，汉献帝从长安东归，下诏让各路诸侯勤王。建安元年（196）八月，曹操迎汉献帝迁都许昌（今河南省许昌市东），汉献帝封曹操为司空，行车骑将军事，百官总己以听。建安五年（200），曹操在官渡（今河南省中牟县北）之战中打败袁绍，逐步统一北方。建安九年（204）八月，曹操把自己的据点北迁到了邺城，政令军队此后皆从此出，而汉献帝的都城许昌则只留些许官吏。

中平元年（184），23 岁的刘备因镇压黄巾起义军有功被封为安喜县尉，不久被朝廷精选淘汰，于是投奔公孙瓒，被表为别部司马。初平二年（191），刘备与青州刺史田楷一起对抗冀州牧袁绍，刘备因为累次建立功勋而升为试守平原县令，后领平原国相。兴平元年（194），曹操以为父报仇之名攻打徐州，徐州牧陶谦不能抵挡，向青州刺史田楷求救。田楷与刘备一起前往救援，曹操军败。此年，陶谦病故，刘备遂领徐州牧。建安元年（196），曹操表刘备为镇东将军，封宜城亭侯。吕布袭击了刘备的驻地小沛（今江苏省沛县），并掳掠其妻子。刘备率兵与吕布战，兵败，前往许都投奔曹操。曹操给予刘备兵马粮草，让刘备做豫州牧。建安四年（199），刘备与董承受汉献帝衣带诏，谋诛曹操。次年事泄，曹操亲自东征刘备，刘备战败，逃归袁绍。建安六年（201），曹操击败袁绍后，再次讨伐刘备，刘备往投刘表。刘表亲自到郊外迎接刘备，待以上宾之礼，并使之屯于新野（今河南省新野县）。建安十二年（207），刘备前往隆中拜访诸葛亮，遂定三分天下之策略。

中平元年（184），30 岁的孙坚因镇压黄巾起义军有功被封为别部司马。中平三年（186），孙坚随代理车骑将军张温西讨凉州边章等乱兵，又因在长安历述董卓“轻上无礼”“沮军疑众”“轩昂自高”三条罪状而声名鹊起。中平六年（189），孙坚兴兵讨伐董卓，逼死荆州刺史王睿，杀掉南阳太守张咨，一路势如破竹，逼近洛阳，收缴传国玉玺。初平二年（191），孙坚在襄阳岘山追击刘表将领黄祖时不幸身亡。兴平元年（194），孙坚长子孙策率孙坚旧部投靠袁术。初平四年（193），21 岁的孙策在周瑜、程普和黄盖等人的支持下，借兵袁术，向江东进军。孙策先后攻占梅陵（今安徽省南陵县）、湖孰（今江苏省江宁区湖熟镇）、江乘（今江苏省句容县北）、曲阿（今江苏省丹阳市）等地，并于建安元年（196）平定江东。建安二年（197），曹操派议郎王浦将汉献帝的诏书带给孙策，任命他为骑都尉，袭父爵乌程侯，兼任会稽太守，并命他与吕布、陈瑀等一起讨伐袁术。建安四年（199），为报父仇，孙策兴兵攻打刘表部将黄祖，黄祖几乎全军覆没。建安五年（200），孙策遇刺身亡，其弟孙权领会稽太守，开始统领江东。

建安十三年（208），曹操自任汉朝丞相。在基本平定北方后，兵锋转而向南。曹操先败荆州刘表、刘琮父子，再破当阳长坂（今湖北省当阳县东北）刘备军队，最后将矛头对准江陵的孙权。刘备采用诸葛亮的计谋，联吴抗曹，在赤壁（今湖北省赤壁市西赤矶山）打败曹军，曹操仓皇逃回北方。

建安二十年（215），曹操率十万大军亲征汉中张鲁。张鲁出降曹操，汉中遂为曹操所有。建安二十四年（219），刘备率军击退曹军，复夺汉中。刚从汉中撤兵的曹操旋即联合孙权在襄樊战役中打败刘备。曹操表孙权为骠骑将军、荆州牧。孙权遣使入贡，向曹操称臣，并劝曹操取代汉朝自称大魏皇帝。建安二十五年（220），曹操在洛阳病逝。

黄初元年（220）冬，曹丕篡汉称帝，建都洛阳，国号“魏”，史称“曹魏”。黄初二年（221），刘备为延续汉朝、兴复汉室，于成都（今四川省成都市）称帝，国号“汉”，史称“蜀汉”。孙权于魏太和三年（229）在武昌（今湖北省鄂城市）称帝，国号“吴”，改元黄龙元年，史称“东吴”，后又迁都建业（今江苏省南京市）。自此，三国鼎立局面形成。

3 慷慨悲凉的时代风格

历史上的“建安”，是东汉末年献帝刘协的年号，起自建安元年（196），至建安二十五年（220），共25年。然文学史上的“建安”时代，却不是以建安二十五年（220）为终，而是下移至魏明帝太和六年（232）。太和六年（232）十一月，曹植去世，建安作家全部退出历史舞台，建安文学方告终结。

建安时代，俊才云蒸，学人辈出，成绩斐然且影响较大的文学家是“三曹”（曹操、曹丕、曹植）和“建安七子”（孔融、陈琳、王粲、徐幹、阮瑀、应玚、刘桢）。此外，较有成就的文学家还有祢衡、繁钦、杨修、吴质、路粹、丁仪、丁廙、邯郸淳和蔡琰等。

关于建安文学的时代风格，刘勰在《文心雕龙·时序》中说：“观其时文，雅好慷慨，良由世积乱离，风衰俗怨，并志深而笔长，故梗概而多气也”。“慷慨”“俗怨”“多气”，是刘勰对建安文学的总体概括。继之，钟嵘在《诗品序》中提出“建安风力”的概念：“降及建安，曹公父子，笃好斯文；平原兄弟，郁为文栋，刘桢、王粲为其羽翼。次有攀龙托凤，自致于属车者，盖将百计。彬彬之盛，大备于时矣……爰及江表，微波尚传，孙绰、许询、桓、庾诸公诗，皆平典似道德论，建安风力尽矣”。钟嵘虽未明言什么是“建安风力”，但很明显他厌恶“平典似道德论”的玄言诗。换句话说，“平典似道德论”的反面即“建安风力”，亦即内容充实、感情饱满、形式完美。鲁迅在《魏晋风度及文章与药及酒之关系》一文中也说：“慷慨就因天下当大乱之际，亲戚朋友死于乱者特多，于是为文就不免带着悲凉，激昂和慷慨了”。由此看来，慷慨悲凉既是建安时代的风貌，也是建安文学的总体风格。

建安时期社会乱离，军阀混战，广袤的中原大地惊显“旧土人民，死丧略尽，国中终日行，不见所识”（曹操《军谯令》）、“千里无鸡鸣，生民百遗一”（曹操《蒿里行》）的悲惨景象。广大有良知的建安文人“慷慨以任气，磊落以使才。造怀指事，不求纤密之巧。驱辞逐貌，唯取昭晰之能”（刘勰《文心雕龙·明诗》），慷慨激昂地展露自己报效国家、统一天下、救民于水火的雄心壮志。一代枭雄曹操经常吟诵的是“不戚年往，忧世不治。存亡有命，虑之为蚩”（《秋胡行》），以统一天下为己任，并以“老骥伏枥，志在千里。烈士暮年，壮心不已”（《龟虽寿》）来勉励自己发奋图强。曹植一生向往东临沧海、北出玄塞的军旅生活，渴望实现“名编壮士籍，不得中顾私，捐躯赴国难，视死忽如归”（《白马篇》）的理想。王粲在跟随曹操伐吴的过程中写下了“身服干戈事，岂得念所私。即戎有授命，兹理不可违”（《从军诗》）的壮美诗句，尽情讴歌自己“被羽在先登，甘心除国疾”（《从军诗》）的远大抱负。高朋满座，觥筹交错，言笑晏晏，触动文学家陈琳的却是“骋哉日月逝，年命将西倾。建功不及时，钟鼎何所铭”（《游览诗》），建功立业、功成名就才是他的最爱。

理想是美好的，而现实往往是非常残酷的。在那个逐鹿中原的建安时代，统治者需要的不是空谈理想的文弱秀士，而是运筹帷幄、武艺超群的权谋之士。遗憾的是，建安文人都不是这样的才俊之士。于是这批卓有才华的建安文人只能空老书斋，忧伤以终老了。曹植在《迁都赋序》中说，“余初封平原，转出临淄，中命鄄城，遂徙雍丘，改邑浚仪，而末将适于东阿。号则六易，居实三迁，连遇瘠土，衣食不继”，这是对自己生活的直接写照。曹植贵为诸侯，怎么会有这样的生活？很明显，“衣食不继”更多的是写自己的抱负难以施展。曹植犹如那只罗网中的黄雀，在悲伤中死去。徐幹，这位潜身穷巷、颐志保真的青年才俊，空吟着“展转不能寐，长夜何绵绵。蹑履起出户，仰观三星连。自恨志不遂，泣涕如涌泉”（《室思》）的诗句，满眼泪痕地离开了人世。

理想太遥远了，现实又是那么触目惊心，建安文人绝不愿做两耳不闻窗外事的书呆子，而是直面人生，用他们如椽之笔，饱含悲怆之情，对那个“风衰俗怨”的建安时代进行了如实的描绘。王粲的《七哀诗》为人们展现了一幅惨绝人寰的饥妇弃子的场面："路有饥妇人，抱子弃草间。顾闻号泣声，挥涕独不还。未知身死处，何能两相完？"母子之情是人世间最为真挚的人伦之情，然而战争却让这位母亲狠心地要抛弃自己的亲生儿子。饥妇的声声泣，字字泪，牵动了诗人的愁肠，激发了诗人的壮志。诗人摄取了这一反人伦的场面，使充满死亡丧乱的社会现实更具体、更真实、更典型地展现在读者的眼前。陈琳的《饮马长城窟行》描绘的是战乱中的夫妻之情："长城何连连，连连三千里。边城多健少，内舍多寡妇。作书与内舍：'便嫁莫留住！善侍新姑章，时时念我故夫子。'报书往边地：'君今出语一何鄙！''身在祸难中。何为稽留他家子？生男慎莫举，生女哺用脯。君独不见长城下，死人骸骨相撑拄！'"丈夫狠下心来劝妻子改嫁，妻子以委婉缠绵而又坚定的话语鼓励丈夫安心服役。战争与徭役的繁重，使向来重男轻女的习俗为之一变，要以女儿为重。诚不知男儿已死在疆场或长城下，生女儿又有何用？这是更深一层的悲哀。战争和徭役使人伦之情都改变了，没有什么比这更令人悲伤的了。

现实的惨痛足以使建安文人长歌当哭，非文学何以骋其情。在这样一个朝不保夕、生不知死的时代，文学家表露出对人生更多的忧虑。尊贵的皇帝曹丕内心也颇多感伤："高山有崖，林木有枝。忧来无方，人莫之知。人生如寄，多忧何为？"（《善哉行》）在远离故土的荒郊野外，不免会产生莫名的忧愁，但这忧愁从何而来、到何而止，我们谁也不知道。阮瑀，这位建安时期的"奇才"，行为虽然洒脱不羁，内心弥漫着的却是难以化解的忧伤，“丁年难再遇，富贵不重来。良时忽一过，身体为土灰”（《七哀诗》）、“常恐时岁尽，魂魄忽高飞。自知百年后，堂上生旅葵”（《失题诗》）。盛年难再，富贵难寻，人生如白驹过隙，这些难解之谜一而再、再而三地拷问着建安文人，使他们困苦不堪，难以释怀。

建安文人没有简单地停留在人生苦短的哀叹中，他们当中的部分人，主张抓住有限的人生，不断地努力进取。曹植勉励徐幹云：“惊风飘白日，忽然归西山。圆景光未满，众星灿以繁。志士营世业，小人亦不闲……良田无晚岁，膏泽多丰年。亮怀玙璠美，积久德逾宣。亲交义在敦，申章复何言”（《赠徐幹》），慨叹岁月短促、功名未立，不应颓废丧气，而应努力追求。曹操喟叹：“神龟虽寿，犹有竟时。腾蛇乘雾，终为土灰”（《龟虽寿》）。于是他主张“老骥伏枥，志在千里。烈士暮年，壮心不已”（《龟虽寿》），应该抓住有限的人生，锐意进取，去争取更大的成就。

“人生寄一世，奄忽若飙尘”的苦痛折磨着建安文人，他们也曾努力过，试图利用有限的人生去实现自己的理想和抱负，但到头来还是一场空。因此，建安文学弥漫的是一种悲伤的氛围。如“悲彼《东山》诗，悠悠使我哀”（曹操《苦寒行》）、“日月不恒处，人生忽若遇。悲风来入帷，泪下如垂露”（曹植《浮萍篇》）、“漫漫秋夜长，烈烈北风凉。展转不能寐，披衣起彷徨。彷徨忽已久，白露沾我裳。俯视清水波，仰看明月光”（曹丕《杂诗》）、“有鸟孤栖，哀鸣北林。嗟我怀矣，感物伤心”（应玚《报赵淑丽诗》）、“临川多悲风，秋日苦清凉。客子易为戚，感此用哀伤”（阮瑀《七哀诗》）、“步出北寺门，遥望西苑园。细柳夹道生，方塘含清源。轻叶随风转，飞鸟何翻翻。乖人易感动，涕下与衿连”（刘桢《赠徐幹》）等，这种慷慨悲凉的精神，正是建安文学所特有的时代特色。

二　建安文学局面的开创者——曹操

1　杰出的政治家与军事家

曹操（155～220），字孟德，小字阿瞒，沛国谯县（今安徽省亳州市）人，东汉末年的政治家、军事家、文学家。官至汉丞相，封魏王。曹丕称帝后，追尊为武皇帝，庙号太祖。

曹操

曹操的出身扑朔迷离，陈寿《三国志》称其是汉相国曹参之后。其父曹嵩是宦官曹腾的养子，汉灵帝时官至太尉，历侍四代皇帝，有一定名望，汉桓帝时被封为费亭侯。这本是一段极为清晰的叙述，然陈寿却紧接着写了一句“莫能审其本末”的话，遂起后人疑窦。南朝宋人裴松之注《三国志》时，间接引用了三国吴人所著《曹瞒传》，称曹嵩本姓夏侯。2013 年 11 月，复旦大学历史学和人类学联合课题组宣布，已经完全确定了曹操家族的 DNA，认定曹操并非《三国志》中记载的汉初丞相曹参之后，也排除了从夏侯氏抱养的民间传说。这一从 1000 余份后人血液样本及曹鼎墓中两颗牙齿研究推理出来的结果表明，曹操其实是他的叔祖父——河间相曹鼎的后裔。也就是说，曹操的父亲来自家族内部过继。此论一出，舆论哗然。因此，曹操的出身问题，恐怕还需后代学者不懈努力去探讨。

曹操小时候任性好侠，放荡不羁，不修品行，不好读书，20 岁举孝廉，任洛阳北部尉，从此踏上仕途，先后担任过顿丘令、议郎等职位。中平元年（184），曹操被任命为骑都尉，与皇甫嵩等人一起进攻颍川的黄巾军，因功封济南相。中平五年（188），汉灵帝组建西园新军，曹操被任命为典军校尉。中平六年（189），董卓在洛阳倒行逆施，激起民愤，曹操遂隐姓埋名逃出京师洛阳，到陈留散家财组织义军讨伐董卓，后被关东联军首领袁绍任命为代理奋武将军。初平三年（192），曹操领兖州牧，用武力镇压了青州的黄巾军，获降卒 30 余万，择其精锐改建为青州军，并以兖州为根据，开始夺取中原。建安元年（196），曹操将汉献帝迎至许昌（今河南省许昌市东），“挟天子以令诸侯”，南征北讨，先后消灭了张绣、袁术、袁绍、刘表等割据势力，统一了北方。建安十三年

(208)，曹操兵败赤壁，是其军事生涯中一次重大的挫折。但曹操并不气馁，不断锐意进取。建安十六年（211），曹操率军破马超、韩遂，平定凉州；建安十八年（213），在濡须口（今安徽省巢县东南）挫败孙权。建安十八年（213）五月，汉献帝册封曹操为魏公，加九锡、建魏国，定国都于邺城。魏国拥有冀州十郡之地，置丞相、太尉、大将军等百官。献帝还准许其“参拜不名、剑履上殿”。建安二十一年（216）四月，汉献帝册封曹操为魏王，邑三万户，位在诸侯王上，奏事不称臣，受诏不拜，以天子旒冕、车服、旌旗、礼乐郊祀天地，出入得称警跸，宗庙、祖、腊皆如汉制。建安二十年至二十四年（215～219），曹操与刘备争夺汉中，先胜后败，遂放弃汉中。建安二十四年（219）七月，曹操联合孙权发动了对刘备的襄樊战役，擒杀关羽，刘备大败而还。建安二十五年（220），曹操病逝于洛阳，享年六十六岁。

曹操死后，遵照其遗嘱，被安葬在邺城西郊的高陵。随着时间的流逝，曹操墓究竟在何处就成为一个谜。至少在宋代，在民间传说和文学作品中已有七十二疑冢的说法。范成大还专门写了一首《七十二冢》的诗，“一棺何用冢如林，谁复如公负此心。闻说群胡为封土，世间随事有知音”。元明清三代不少学者都致力于此，试图弄清楚“七十二冢”之所在，众说纷纭，莫衷一是。他们的探讨，使曹操墓蒙上了新的面纱。近年来河南安阳市安丰乡西高穴村曹操墓争议颇大，讨论激烈，难辨真假。曹操墓到底在何处？恐怕是一个历史难解之谜。

曹操的妻子（皇后、夫人、昭仪、姬等）可考的有 16

人，她们为曹操生有25个儿子和7个女儿。儿子中较有名的是文皇帝曹丕、任城威王曹彰、陈思王曹植、邓哀王曹冲；女儿中尊贵的是曹宪（汉献帝贵人）、曹节（汉献帝皇后）、曹华（汉献帝贵人）。

曹操是东汉末年杰出的政治家，他在《度关山》和《对酒》两首诗中勾勒了一个理想的国度：太平时吏不呼门，咸礼让民无所争讼，经纬四极，黜陟幽明，黎庶繁息，仓谷满盈，百姓富庶。为了建立起这样的国家，曹操以军谋政，建立起军政制，加强中央集权，有利于其政治霸业的实现；实施以礼教民，推行严刑峻法，严明法度；完善屯田制度，抑制土地兼并，大力发展经济，确保战争给养供应；唯才是举，选贤授能，不拘一格选拔人才；提倡俭朴，反对奢侈浪费。这些政治措施的实行，有力地推动了曹魏各项事业的发展，使曹操在汉末群雄中迅速崛起，并建立霸业。

曹操也是东汉末期著名的军事家，一生参加过50多场战役，时人有“其行军用师，大较依孙吴之法，而因事设奇，谲敌制胜，变化如神”（王沈《魏书》）的高度评价。其军事理论著作有《魏武帝太公阴谋解》、《魏武帝司马法注》、《魏武帝兵书接要》、《魏武帝兵法》、《魏武帝兵书》、《曹公新书》、《魏武帝孙子略解》、《魏武王凌集解孙子兵法》和《魏武帝续孙子兵法》九种，具有很高的军事理论素养。在作战中，曹操能够根据将领特点，用其所长，治军严整，法令严明，“行军用师，大较依孙吴之法，而因事设奇，谲敌制胜，变化如神。自作兵书十万余言，诸将征伐，皆以新书从事，临事又手为节度，从令者克捷，违教者负败”（《三国志》裴松之注引王沈《魏书》），故能取得一次次军事战争的胜利。

2 气韵沉雄的幽燕老将

曹操诗今存二十余首，全部是乐府诗。数量虽不多，却多名篇佳作。作为一名政治家兼诗人，曹操的诗歌独具特色，宋人敖陶孙评其诗云“魏武帝如幽燕老将，气韵沉雄”（《臞翁诗评》）。气韵沉雄则恰如其分地概括了这位幽燕老将的诗歌特点。

曹操一生戎马倥偬，绝大多数的时间是在军旅生涯中度过的。“文武并施，御军三十余年，手不舍书，昼则讲武策，夜则思经传，登高必赋，及造新诗，被之管弦，皆成乐章。”（王沈《魏书》）在紧张的军旅生活之暇，他将自己的所见所感赋成诗篇，遂成杰作。

初平元年（190）二月，董卓迁都长安，时为典军校尉的曹操满含悲愤地写下了《薤露行》：

惟汉二十二世，所任诚不良。沐猴而冠带，知小而谋强。犹豫不敢断，因狩执君王。白虹为贯日，己亦先受殃。贼臣持国柄，杀主灭宇京。荡覆帝基业，宗庙以燔丧。播越西迁移，号泣而且行。瞻彼洛城郭，微子为哀伤。

汉代自高祖刘邦建国到灵帝刘弘，恰为二十二世。统观汉代，先是外戚擅权，后是宦官专政，诗人以“所任诚不良”概括了如此复杂多变的汉代政治，同时又暗指新贵何进。何进是屠户之子，没有受过良好的教育，只因同父异母的妹妹被汉灵帝立为皇后而官拜侍中，封慎侯。中平六年（189），汉灵帝驾崩，其母何太后临朝称制，宦官张让、段珪等把持朝政，大将军何进掌握西园新军的领导权。何进本没有什么谋略，却要像猕猴洗澡后戴人帽、穿人衣一样成就一番大事业。他听信袁绍之言，引董卓进京谋诛宦官。何太后本受宦官之恩贵为皇后，故反对何进之谋。何进在犹豫不决之际为宦官所杀，董卓趁机入京把持朝政。初平元年（190），董卓杀死少帝刘辩和何太后，焚烧洛阳，汉朝四百年的帝业由此倾覆，帝王的宗庙也在烈火中焚毁。献帝被迫西迁长安，长途跋涉，被裹胁一同迁徙的百姓哭声不止，一片凄惨景象。望着洛阳城内的惨状，诗人就像当年微子面对着殷墟一样悲伤不已。这首诗以简练的笔墨为我们描述了自中平六年（189）至初平元年（190）东汉的朝政大事及重大变故，语言朴素率真，情感深厚真挚，情调跌宕悲怆，诚如陈祚明所评“本无泛语，根在性情，故其跌宕悲凉，独臻超越”（《采菽堂古诗选》）。

初平元年（190），袁术、韩馥、孔伷等东方各路军阀同时起兵，推袁绍为盟主，西讨董卓。时为代理奋武将军的曹操，有感于讨袁义军的行径，奋笔疾书，写成《蒿里行》：

关东有义士，兴兵讨群凶。初期会盟津，乃心在咸阳。军合力不齐，踌躇而雁行。势利使人争，嗣还自相戕。淮南弟称号，刻玺于北方。铠甲生虮虱，万姓以死亡。白骨露于野，千里无鸡鸣。生民百遗一，念之断人肠。

董卓逼宫杀帝，荒淫无耻，祸国殃民，倒行逆施，激起众人不满。各地势力推袁绍为盟主，共同讨伐董卓。然而这支联军中的众将各怀私心，都想借机扩充自己的力量，故不能齐心合力，一致对付董卓。当董卓领兵留守洛阳以拒关东之师时，各路人马都逡巡不前，唯恐损失了自己的军事力量。当时无人敢于率先与董卓交锋，曹操对联军的驻兵不动十分不满，于是独自引领三千人马在荥阳迎战了董卓部将徐荣，虽然战事失利，但体现了曹操的胆识与在这历史动荡中的正义立场。不久，讨伐董卓的联军由于各自的争势夺利，四分五裂，互相残杀起来，其中主要有袁绍、韩馥、公孙瓒等部，从此开始了汉末的军阀混战。此诗的前十句就为我们勾勒出了这样的历史画卷。自“铠甲生虮虱”以下，诗人将笔墨从记录军阀纷争的事实转向描写战争带给人民的灾难。连年的征战，使将士长期不得解甲，身上长满了虮子、虱子，而无辜的百姓却受兵燹之害而大批死亡，满山遍野堆满了白骨，千里之地寂无人烟，连鸡鸣之声也听不到了，一片满目疮痍、荒凉凄惨的景象，令人目不忍睹。诗篇在揭露军阀祸国殃民的同时，表现出诗人对人民的无限同情和对国事的关注和担忧，这就令诗意超越了一般的记事，而反映了诗人的忧国忧民之心。这首诗用白描的手法、明快有力的语言、沉郁悲怆的感情，真实地描绘出群雄讨袁的实况，以及兵连祸结、哀鸿遍野、民不聊生的汉末社会现实。钟嵘曾云："曹公古直，甚有悲凉之句。"（《诗品》）陈祚明亦云："孟德所传诸篇，虽并属拟古，然皆以写己怀来，始而忧贫，继而悯乱，慨地势之须择，思解脱而未能，亹亹之词，数者而已。"（《采菽堂古诗选》）钟、陈之评，道出了本诗所表达情感的实质。《蒿里行》与《薤露行》被明人钟惺誉为"汉末实录，真诗史也"（《古诗归》）。

此外，建安十一年（206）正月，曹操从邺城出发，西征据守壶关（在今山西省长治市东南）的高干，写下了著名的《苦寒行》。诗歌描绘了委曲如肠的坂道、风雪交加的征途、食宿无依的困境，以及艰难的军旅生活所引起的厌倦与思乡情绪，"延颈长叹息，远行多所怀。我心何怫郁？思欲一东归"。诗篇感情真挚，直抒胸臆，风格古直悲凉，回荡着一股沉郁之气。建安十二年（207），曹操北征乌桓的途中写下了《步出夏门行·土不同》。河朔隆冬之时，冰块漂浮，舟船难以行进，土地被冻得用锥子都扎不进去，田地荒芜，满是干枯厚密的蔓菁和蒿草，有识之士穷困潦倒，而好勇斗狠的人却随意犯法。诗人内心充满了悲伤，"心常叹怨，戚戚多悲"。全诗描写了河北由于袁绍的统治而导致的民生凋敝、社会秩序不安定的现状。

满目疮痍、哀鸿遍野、民不聊生的现实触动着伟大的政治家曹操，他决心统一天下，救民于水火，还民一个太平的天下。于是曹操的诗歌中，就出现了许多描写其雄心壮志的诗篇。如《度关山》，诗人从“立君牧民，为之轨则”入手，认为罢黜小人、任用德才兼备的贤能之士是国家昌盛的基本保证，并在此基础上，提出“让”与“兼爱”，即国君贤明、君民平等、执法公正、讼狱不兴的大同思想。在《对酒》中，曹操对他的理想国度进行了热情的讴歌：“太平时，吏不呼门。王者贤且明，宰相股肱皆忠良。咸礼让，民无所争讼。三年耕有九年储，仓谷满盈。班白不负载。雨泽如此，百谷用成。却走马，以粪其土田。爵公侯伯子男，咸爱其民，以黜陟幽明。子养有若父与兄。犯礼法，轻重随其刑。路无拾遗之私。囹圄空虚，冬节不断。人耄耋，皆得以寿终。恩德广及草木昆虫。”君圣臣贤，讼狱不兴，五谷丰登，国富民足，路不拾遗，人人皆得寿终，这是多么令人神往的社会。在这样的社会中，需要什么样的国君？曹操在《善哉行》中给予回答：“古公亶甫，积德垂仁……太伯仲雍，王德之仁……智哉山甫，相彼宣王……齐桓之霸，赖得仲父。”诗歌肯定了古公亶甫（父）、太伯仲雍、齐桓小白等贤君的历史功勋，赞美了仲山甫、管仲辅佐圣君之勋，同时一再地吟咏“积德垂仁”“王德之仁”“积德兼仁”，体现出诗人对国君德行修养的看重。这样的贤君哪里寻？曹操用诗歌形象地告诉我们，他就是那样的贤君。

在《短歌行》（其一）中，曹操表露了自己渴望招纳贤才、建功立业的雄心壮志：“对酒当歌，人生几何！譬如朝露，去日苦多。慨当以慷，忧思难忘。何以解忧？惟有杜康。青青子衿，悠悠我心。但为君故，沉吟至今。呦呦鹿鸣，食野之苹。我有嘉宾，鼓瑟吹笙。明明如月，何时可辍？忧从中来，不可断绝。越陌度阡，枉用相存。契阔谈宴，心念旧恩。月明星稀，乌鹊南飞。绕树三匝，何枝可依？山不厌高，海不厌深，周公吐哺，天下归心。”人生好比早晨的露水，稍纵即逝。要完成统一天下的宏愿，没有人才不行。因此，曹操念念不忘的是那些贤才。若有贤人归来，曹操必将以盛大的宴会欢迎他。“山不厌高，水不厌深，周公吐哺，天下归心。”曹操以周公自比，表明自己决心礼贤下士，希望贤才尽归于己，帮助自己建功立业，以实现统一天下的宏图大愿。在《短歌行》（其二）中，曹操赞美了西伯姬昌“三分天下，而有其二”、齐桓公“九合诸侯，一匡天下”、晋文公“威服诸侯，师之者尊”的功勋，其意在于自己要效法他们，建立霸业。在《步出夏门行·观沧海》中，曹操借大海孕大含深、动荡不安的特征再次申述其理想与抱负：“东临碣石，以观沧海。水何澹澹，山岛竦峙。树木丛生，百草丰茂。秋风萧瑟，洪波涌起。日月之行，若出其中；星汉灿烂，若出其里。幸甚至哉！歌以咏志”。诗歌通过对波涛汹涌、吞吐日月的大海的生动描绘，使我们仿佛看到了曹操奋发进取、立志统一国家的伟大抱负和壮阔胸襟。

在群雄割据的东汉末年，要统一天下，谈何容易。曹操虽殚精竭虑，然距天下一统似乎还很遥远，这不免令其产生悲伤忧虑之情。这种情绪，主要体现在他的游仙诗中。钟嵘评价郭璞游仙诗时曾云：“坎壈咏怀，非列仙之趣也”（《诗品》），曹操的游仙诗亦当如是观。尽管充斥诗歌的是仙人、玉女、六龙、白鹿、神药、玉堂、芝草、玉浆、螭龙、昆仑、蓬莱、西王母、王乔等，但这些仙话意象难以掩饰诗人内心的悲伤之情，如“陶陶谁能度？君子以弗忧。年之暮奈何，时过时来微”（《精列》）、“去去不可追，长恨相牵攀。去去不可追，长恨相牵攀。夜夜安得寐，惆怅以自怜”（《秋胡行》）等诗很好地反映了曹操内心的忧伤之情。

然曹操毕竟是大英雄，非凡夫俗子可比，这种伤悲虽是其内心矛盾斗争的体现，但只是短暂的，代之而起的则是发奋图强，如《步出夏门行·龟虽寿》：

> 神龟虽寿，犹有竟时；腾蛇乘雾，终为土灰。老骥伏枥，志在千里。烈士暮年，壮心不已。盈缩之期，不但在天；养怡之福，可得永年。幸甚至哉！歌以咏志。

这首诗写于曹操平定乌桓叛乱，消灭袁绍残余势力，南下征讨荆、吴之时。当时，曹操已 54 岁高龄，半生戎马，统一大业遥遥无期，然其并不消极。诗歌开篇即以“神龟”“腾蛇”为喻，否定了服食求仙而长生不老的虚妄。曹操一扫汉末文人感叹浮生若梦、劝人及时行乐的悲调，慷慨地唱出了人生最强音：“老骥伏枥，志在千里。烈士暮年，壮心不已”。曹操自比一匹上了年纪的千里马，虽然形老体衰，屈居枥下，但胸中仍然激荡着驰骋千里的豪情。其意在说明，有志于干一番事业的人，虽然到了晚年，但一颗勃勃雄心永不会消沉，一种对宏伟理想的追求永不会停息！这首诗抒发了诗人不甘衰老、不信天命、奋斗不息、对伟大理想的追求永不停止的壮志豪情。

曹操的诗歌就是这样将自己的所见、所感毫不保留地呈现在世人面前，直书无隐。然诗歌是对生活艺术化的再现，绝不等同于流水账，其艺术渊源在于曹操继承了汉乐府“感于哀乐，缘事而发”的创作精神，并又有新的突破。这种创新主要表现在如下四个方面。

第一，诗歌内容上借旧题写时事。曹操的诗歌题目依然是乐府古题，而其内容却发生了很大的变化。如《短歌行》本“长歌、短歌，言人寿命长短，各有定分，不可妄求”（崔豹《古今注》），“长歌”“短歌”是指“歌声有长短”。曹操的《短歌行》除具有乐府古题这些音乐的特点外，内容上却用来抒写求贤若渴的主题。又如《薤露行》《蒿里行》，清人方东树的《昭昧詹言》中说：“此用乐府题，叙汉末时事。所以然者，以所咏丧亡之哀，足当哀歌也。《薤露》哀君，《蒿里》哀臣，亦有次第”。崔豹在《古今注》也说过：“《薤露》送王公贵人，《蒿里》送士大夫庶人，使挽柩者歌之，世呼为挽歌”。这两首诗为挽歌，曹操用它们来写汉末动荡的社会现实，赋予古题新的内容。曹操用此古调来写时事，开创了以古乐府写新内容的风气。清代沈德潜在《古诗源》中说，“借古乐府写时事，始于曹公”。

第二，艺术表现上多用比兴的手法。汉乐府诗歌以语言质朴、贴近生活、明白如话而著称，曹操继承了这种艺术特色，“汉人乐府本色尚存”（胡应麟《诗薮》），并创造性地运用了

《诗经》《楚辞》以来的比兴手法，赋予诗歌含蓄隽永的意味。如“对酒当歌，人生几何？譬如朝露，去日苦多”（《短歌行》），以露水形象地表现人生的短暂；“老骥伏枥，志在千里。烈士暮年，壮心不已”，以老马比喻自己老当益壮、锐意进取的精神面貌；“日月之行，若出其中；星汉灿烂，若出其里”（《观沧海》），以吐日吞月的大海来比喻自己宽阔的胸襟；“鸿雁出塞北，乃在无人乡。举翅万余里，行止自成行。冬节食南稻，春日复北翔。田中有转蓬，随风远飘扬”（《却东西门行》），以大雁在冬、春季节的迁徙比喻征夫游子背井离乡的漂泊等。比兴手法的运用，使诗歌意境空灵，意味深长。

第三，诗体革新，赋予四言诗独特魅力。汉乐府在体式上由杂言渐趋向五言，曹操在此基础上进行了创造，根据其内容的不同而采用不同的语言形式。如《善哉行》古辞为四言，曹操的《善哉行》共三首，第一首为四言，第二、三首为五言；《步出夏门行》古辞为五言，曹操改为四言；《蒿里行》《薤露行》古辞为杂言，曹操改为五言。曹操的诗歌四言、五言、杂言均有，各占1/3，相比之下，四言诗更具魅力。四言诗自《诗经》之后鲜有佳作，这种僵化的艺术形式在曹操之手焕发出新的艺术生命。曹操用它写景，如“鹍鸡晨鸣，鸿雁南飞，鸷鸟潜藏，熊罴窟栖”（《步出夏门行·冬十月》）；用它抒情，如“慨当以慷，忧思难忘。何以解忧？惟有杜康”（《短歌行》）；用它颂贤，如“伯夷叔齐，古之遗贤。让国不用，饿殂首山”（《善哉行》其一）；等等。曹操的四言诗无所不用，超越两汉，取得了非常大的成就。

第四，乐府诗以叙事为主变为以抒情为主，并以悲伤为基调。汉乐府刻画人物细致，个性鲜明，故事情节较为完整，故叙事性成为其最大特色。曹操的乐府诗也有叙事，但重在抒情，特别是悲伤之情。钟嵘评曹操诗云，“曹公古直，甚有悲凉之句”（《诗品》）；陈祚明评其诗“跌宕悲凉，独致超绝”（《采菽堂古诗选》）；冯班评其为“慷慨悲凉”（《钝吟杂录》）。曹操的乐府诗的确如此，如“生民百遗一，念之断人肠”（《蒿里行》）、“瞻彼洛城郭，微子为哀伤”（《薤露行》）、“慨当以慷，忧思难忘”（《短歌行》）、“悲彼《东山》诗，悠悠使我哀”（《苦寒行》）、“经过至我碣石，心惆怅我东海”（《步出夏门行·艳》）、“念君常苦悲，夜夜不能寐”（《塘上行》）、“君子多苦心，所愁不但一”（《善哉行》）、“年之暮奈何，时过时来微”（《精列》）等，无不弥漫着慷慨悲凉之气。正如敖陶孙评：“魏武帝如幽燕老将，气韵沉雄”（《臞翁诗评》）。

3 改造文章的祖师

曹操的文章数量亦相当可观，据不完全统计，曹操现存各类文章150余篇，其写作时间基本上集中在建安元年至二十五年（196～220），内容涉及政治、经济、文化、军事、政策，乃至人际关系等。曹操的文章依其文体，大致可分为表、书和教（令）三部分。

“表”是中国古代社会臣子向帝王上书陈情言事的一种特

殊文体，战国时期统称为“书”，汉代分为章、奏、表、议四个小类。刘勰在《文心雕龙·章表》中说：“章以谢恩，奏以按劾，表以陈情，议以执异。”在内容上，它们各有分工，但基本上均以抒情为主。同时，这类文体是写给帝王的，文字上极为典雅。曹操的“表”主要是“表”、“奏”和“（上）书”三种形式，若就其内容，可以分为己谢恩和举荐他人两类，无论哪一类都具有传统“表”的特点。为己谢恩者如《让还司空印绶表》：“臣文非师尹之佐，武非折冲之任，遭天之幸，干窃重授。内踵伯禽司空之职，外承吕尚鹰扬之事，斗筲处之，民其瞻观。水土不平，奸宄未静，臣常愧辱，忧为国累。臣无智勇，以助万一，夙夜惭惧，若集水火，未知何地，可以陨越。”建安元年（196）十月曹操升任司空，《让还司空印绶表》是他向汉献帝的谢表。全文基本以四言骈体为主，文辞典雅华丽，内容单一，反复陈述其感激涕零之意。举荐他人者如《表称乐进于禁张辽》：“武力既弘，计略周备。质忠性一，守执节义。每临战攻，常为督率。奋强突固，无坚不陷。自援枹鼓，手不知倦。又遣别征，统御师旅，抚众则和，奉令无犯，当敌制决，靡有遗失。论功纪用，各宜显宠。”建安十一年（206），曹操上表汉献帝，请封乐进为虎威将军、于禁为折冲将军、张辽为荡寇将军。文章纯粹是为三将军表功，全用四言骈体，文辞典雅，一再陈述三人之功勋，没有过多的文辞技巧。曹操的“表”是程式化文体，多用骈文，以抒情为主，反复陈说，内容单一。

“书”指书信，这与“表”这种文体中的“（上）书”有所不同，专指个人之间的书信往来。曹操的书信较多，内容多与政治有关，绝少个人之间纯粹的私人之情。如《与孙权书》是赤壁之战前写给孙权的书信："近者奉辞伐罪，旌麾南指，刘琮束手。今治水军八十万众，方与将军会猎于吴。"开篇四句仍有"挟天子以令诸侯"之意，写得庄重严肃，末一句以曲笔用"会猎"一词，将伏尸万里、血流浮槽的战争场面比喻为私人间轻松的打猎，既出于礼貌表达了对对方的尊重，又向对方施加了压力，体现出一种举重若轻的政治家风范，包含了威逼、幽默、超脱、轻松等多种滋味。而《手书与阎行》则是赤裸裸的威逼利诱："观文约所为，使人笑来。吾前后与之书，无所不说，如此何可复忍！卿父谏议，自平安也。虽然，牢狱之中，非养亲之处，且又官家亦不能久为人养老也。"阎行是韩遂的部将，随韩遂叛曹，曹操杀其子，囚其父，并写此信劝降，以人伦父子之情打动对方，口气强硬，劝其早降。曹操的书信体文，多如此类，为其政治服务，符合其政治家的身份。

教（令）是曹操公文的主体，数量之多，艺术之精，多受后人赞誉。鲁迅先生在著名的《魏晋风度及文章与药及酒之关系》一文中，用"清峻"和"通脱"来概括曹操文章的特点。所谓"清峻"，是指文章简约严明，言简意赅；"通脱"，是指摆脱陈规的限制，在内容和形式上有革新精神。曹操的教（令）文今存80余篇，无不具有"清峻"与"通脱"的特点。

在曹操令文中，字数在一二十字或三四十字的，比比皆是，也有些两三百字的，个别篇幅最长的也不过千字左右。其简约严明的特点十分显著。难能可贵的是曹操行文虽短，却能写出自己的感情。如《在阳平将还师令》：“鸡肋。”全文仅仅二字，是曹操最短的文章。鸡肋就是鸡的肋骨，食之无味，弃之可惜，正如杨修所解释的“夫鸡肋，弃之如可惜，食之无所得，以比汉中，知王欲还也”（《九州春秋》）。这两个字非常形象地说明了建安二十四年（219），曹操在阳平关（今陕西省勉县西南）对刘备的战争中久攻不下、弃之不忍的心态。又如《辟蒋济为丞相主薄西曹属令》说：“舜举皋陶，不仁者远，臧否得中，望于贤属矣。”皋陶，传说中被舜任命为掌管刑法的“理官”，以正直闻名天下，“帝舜三年。帝曰：皋陶，蛮夷猾夏，寇贼奸宄，汝作士，五刑有服，五服三就，五流有宅，五宅三居，惟明克允！”（《虞书》）曹操将蒋济比作皋陶，“望于贤属矣”表达了曹操对蒋济的期许，期望他能比皋陶更加公正无私。曹操的这些文章，充分体现了“清峻”，即简约严明的特点。

曹操的部分文章，善于用简约严明的文笔，把自己要说的话随意地写出来，形成“通脱”的特点。在朝野攻击他“托名汉相，实为汉贼”，“欲废汉自立”（《三国志·吴书·周瑜传》）的政治形势下，曹操作于建安十五年（210）的《让县自明本志令》并不掩饰自己功高盖世，“今孤言此，若为自大，欲人言尽，故无讳耳。设使国家无有孤，不知当几人称帝，几人称王”。他谈到自己不愿意放弃兵权退隐的原因，即“诚恐已离兵为人所祸也。既为子孙计，又己败则国家倾危，是以不得慕虚名而处实祸”。文章中不但不反击别人谤议，反而将自己绝不会放弃权力之意明白地告知天下。历史上数不尽的名将重臣死于功高震主。翻开史书，随处可见“屠三族”“屠六族”，失去权力往往意味着个人的死亡、家族的覆灭。曹操并不掩饰自己，也不唱高调，因为直白而更加真实。又如作于建安二十五年（220）的《遗令》本是曹操去世前对自己后事的安排，然插入一段这样的文字：“吾婢妾与伎人皆勤苦，使著铜雀台，善待之。于台堂上安六尺床，施繐帐，朝晡上脯糒之属。月旦、十五日，自朝至午，辄向帐中作伎乐。汝等时时登铜雀台，望吾西陵墓田。余香可分与诸夫人，不命祭。诸舍中无所为，可学作组履卖也。吾历官所得绶，皆著藏中。吾余衣裘，可别为一藏。不能者兄弟可共分之”，完全打破了遗令文体庄重严肃的写作规范，他竟然去安排妻妾住房、如何就业，交代遗物分割方法等。曹操的这些文章，正充分体现了“通脱”，即摆脱旧有文体限制，随意抒写的特点。

曹操的文章并非严格意义上的文学作品，均为应用性的公文。然他能打破常规，自由抒写，言简意赅，字里行间流动着一股率真之气，引导应用文向切近作者生活和真情实感方面发展，故被鲁迅称为“改造文章的祖师”（《魏晋风度及文章与药及酒之关系》）。

4　建安文士的幕主

曹操从建安元年（196）奉迎汉献帝至许都后确立霸府统治，直到建安二十五年（220）去世，霸府统治长达 24 年之久。为了实现统一天下的宏愿，曹操霸府非常重视人才。他曾多次下令选拔人才，“勿拘品行”“唯才是举”，只要是贤能之士就没有任何限制。许多贤才都被选拔到霸府之中，这其中也不乏文人雅士。

建安九年（204）八月，曹操攻占邺城，并将自己的大本营迁居于此，不少文人纷纷投奔曹操，形成了中国文学史上第一个庞大的文学集团——邺下文人集团。关于此时之情形，曹植在《与杨德祖书》中说：“昔仲宣独步于汉南，孔璋鹰扬于河朔，伟长擅名于青土，公幹振藻于海隅，德琏发迹于大魏，足下高视于上京。当此之时，人人自谓握灵蛇之珠，家家自谓抱荆山之玉。吾王于是设天网以该之，顿八纮以掩之。今悉集兹国矣！”曹植的话丝毫不夸张，曹操设“天网”，将天下的文士几乎全部网罗到其霸府之中。除曹植《与杨德祖书》中提到的王粲、陈琳、徐幹、刘桢、应玚和杨修外，还有蔡琰、梁鹄、杜夔、李坚、邯郸淳、仲长统、繁钦、孔融、阮瑀等人。钟嵘称当时的文人“盖将百计”（《诗品序》），真是中国文学史上第一个庞大的文学集团，他们都是曹操霸府中的人才，曹操成为名副其实的幕主。因此，从某种意义上说，曹操是建安文学局面的开创者。建安文学“彬彬之盛，大备于时”（钟嵘《诗品序》），曹操功不可没。

三　建安文学的领袖——曹丕

1　贤明的国君

曹丕（187～226），字子桓，沛国谯（今安徽省亳州市）人，曹操次子，曹魏的开国皇帝，公元220～226年在位。三国时期贤明的国君、文学家。

曹丕是曹操与卞夫人所生的长子，相传他出生时有青色云气圆如车盖笼罩，即有帝王之征兆。曹丕生在乱世，幼随曹操辗转四方，6岁时学会射箭，8岁时学会骑马。曹丕幼时喜好读书，博通诸子百家，具备文武兼通的才能。建安二年（197），曹丕随曹操南征张绣，结果大败，曹操为流矢所伤，长子曹昂战死，曹丕凭借精湛的骑艺与箭术得以逃脱。建安九年（204），曹丕随曹操攻破邺城，从此不再出征，开始了锦衣玉食的贵族公子生活。建安十六年（211），曹丕被任命为五官中郎将、副丞相。建安二十二年（217），曹丕被立为魏

曹丕

王世子。延康元年（220），曹操去世，世子曹丕继位为魏王、丞相、冀州牧。同年十一月，曹丕登受禅台称帝，改元黄初，改雒阳为洛阳，大赦天下，是为魏文帝，追尊其父曹操为魏武帝。

曹丕是位贤明的国君。在军事上，曹丕三征孙权；在对刘备的战争中，收复上庸三郡；在对羌胡的战争中，收复河西。

在政治方面，在曹操霸府制度的基础上确立了九品中正制，成功缓和了曹氏与士族的关系，开士族政治之先河。在经济方面，曹丕继续推行曹操确立的屯田制，除禁令，轻关税，禁止私仇，广议轻刑，与民休养，使北方地区重现安定繁荣局面。在文化方面，举孝廉，兴儒学，立太学，置五经课试之法，设立春秋谷梁博士，在短期内使封建正统文化复兴。

黄初七年（226）五月，曹丕去世，时年40岁，葬于首阳陵（今河南省偃师市西北15公里首阳山南麓）。曹丕有7个儿子、1个女儿，其长子曹叡后来即位，是为魏明帝。曹叡擅长文学创作，与曹操、曹丕并称魏之“三祖”。

2　便娟婉约的文士

曹丕不仅是一位贤明的国君，还是一位文学家，“帝好文学，以著述为务，自所勒成垂百篇”（《三国志·文帝纪》）。其所著诗、赋、散文等各种文体都取得了很高的成就，“自三代而后，人主文章之美，无过于汉武帝、魏文帝者”（《艺苑卮言》）。若将其政治与文学相较，文学成就较高。

曹丕的诗歌今存50余篇，刘勰曾给予高度的评价：“魏之三祖，气爽才丽，宰割辞调，音靡节平。观其北上众引，秋风列篇，或述酣宴，或伤羁戍，志不出于淫荡，辞不离于哀思”（《文心雕龙·乐府》）。“北上众引”指曹操《苦寒行》，“秋风列篇”指曹丕《燕歌行》，两篇作品均具有“志不出于淫荡，辞不离于哀思”的特点。事实上，不仅仅是这两篇作品，曹丕的所有诗歌均有悲哀的情调。

曹丕生长于乱离之世，自幼随父征战南北，金戈铁马，创作了许多军旅题材的诗篇。这些作品既有对现实生活的真实描绘，同时也抒发了自己的雄心壮志。如作于建安八年（203）的《黎阳作》三首，描写了行军的艰难，“遵彼洹湄，言刈其楚。斑之中路，涂潦是御。辚辚大车，载低载昂。嗷嗷仆夫，载仆载僵。蒙涂冒雨，沾衣濡裳”。大雨滂沱，丛荆满路，道路泥泞，车马难行。尽管如此，也难以阻挡曹丕率军前进的步伐，以及他“救民涂炭”“能不靖乱”的雄心壮志。作于黄初元年（220）的《于谯作》描写大军到谯（今安徽省亳州市）后一次盛大的宴会，“丰膳漫星陈，旨酒盈玉觞。弦歌奏新曲，游响拂丹梁。余音赴迅节，慷慨时激扬。献酬纷交错，雅舞何锵锵”。歌舞升平，国泰民安，表达了诗人自己治国的理想。曹丕的这类作品悯伤时乱，渴望太平盛世，在当时具有一定的积极意义。

进居邺城之后，作为贵族公子、皇帝的曹丕，多次举行盛大的宴会，于是产生了许多宴游之作。《于玄武陂作》写兄弟共游玄武陂时所看到的美景，“野田广开阔，川渠互相经。黍稷何郁郁，流波激悲声。菱芡覆绿水，芙蓉发丹荣。柳垂重荫绿，向我池边生。乘渚望长洲，群鸟讙哗鸣。萍藻泛滥浮，澹澹随风倾”。原野开阔，川渠纵横，树木葱茏，山花烂漫，河流淙淙，在这样的美景中诗人乐而忘忧。《芙蓉池作》写夜游芙蓉池所见之美景，“双渠相溉灌，嘉木绕通川。卑枝拂羽盖，修条摩苍天。惊风扶轮毂，飞鸟翔我前。丹霞夹明月，华星出云间。上天垂光彩，五色一何鲜”。河水灌溉，绿树成荫，丹霞映明月，明星耀云间，这样的美景触动诗人的却是对人生苦短的哀伤之情。曹丕的宴游诗对景物描写极为细腻，辞采华丽，对偶工整，文学性较强。

妇女题材的诗篇在曹丕诗歌中占有一定的比重。这些作品多采用代言体的形式，叙写离别相思之情，情调缠绵悱恻，最能体现曹丕诗歌的艺术水准。如《于清河见挽船士新婚与妻别作》写新婚之别的酸楚，“与君结新婚，宿昔当别离。凉风动秋草，蟋蟀鸣相随。冽冽寒蝉吟，蝉吟抱枯枝。枯枝时飞扬，身轻忽迁移。不悲身迁移，但惜岁月驰。岁月无穷极，会合安可知？愿为双黄鹄，比翼戏清池”。诗篇将一对夫妇分别之时的依恋、恐惧、哀痛、怨愤、期望等种种心绪毕陈于诗，长歌当哭。《代刘勋出妻王氏作》写弃妇的哀怨，“翩翩床前帐，张以蔽光辉。昔将尔同去，今将尔同归。缄藏箧笥里，当复何时披”。以“翩翩床前帐”的恩爱生活反衬今日“缄藏箧笥里”之冷落凄凉，悲不自胜。《寡妇诗》写寡妇的辛酸苦楚，“妾心感兮惆怅，白日急兮西颓。守长夜兮思君，魂一夕兮九乖。怅延伫兮仰视，星月随兮天回。徒引领兮入房，窃自怜兮孤栖。愿从君兮终没，愁何可兮久怀”。星月天回，长夜思夫，从死忘忧，情何以堪。曹丕成就最高的诗歌当属《燕歌行二首》之一：

秋风萧瑟天气凉，草木摇落露为霜，群燕辞归雁南翔。念君客游多思肠，慊慊思归恋故乡，君何淹留寄他方？贱妾茕茕守空房，忧来思君不敢忘，不觉泪下沾衣裳。援琴鸣弦发清商，短歌微吟不能长。明月皎皎照我床，星汉西流夜未央。牵牛织女遥相望，尔独何辜限河梁？

此诗采用七言的形式，把秋季凄凉的景色与女主人公雍容矜重、炽烈而又含蓄、急切而又端庄的情绪巧妙地融为一体，构成了一种千回百转、凄凉哀怨的风格。后人给予这首诗很高的评价，清代吴淇云："风调极其苍凉，百十二字，首尾一笔不断，中间却具千曲百折，真杰构也"（《六朝选诗定论》）；王夫之曾对此评价为"倾情倾度，倾色倾声，古今无两"（《姜斋诗话》）。这首诗不仅代表了曹丕诗歌的最高成就，而且是现存最早、最完整的一首七言诗，在中国诗歌史上具有重要的地位。

曹丕的诗歌一部分是乐府诗，一部分是自创新题的古体诗，无论哪一类都取得了较高的成就。清人沈德潜说："孟德犹是汉音，子桓以下纯是魏响。子桓诗有文士气，一变乃父悲壮之习矣。要其便娟婉约，能移人情。"（《古诗源》卷五）曹丕将其父曹操的"汉音"变成"魏响"，主要在于"便娟婉约，能移人情"。"便娟"是轻盈美丽的样子，"婉约"是柔美的样子。与曹操相比，曹丕的诗歌发生了新的变化，主要体现在以下三个方面。

第一，文人感情的抒发。曹操是乱世英雄，他所抒发的情感多与他统一天下的雄心抱负有关，而曹丕的抒情却具有个体化的特点。他敏感多情，在繁华嘈杂的宴会上，他忽生“乐极哀情来，寥亮摧肝心”（《善哉行》）的悲伤之情；月圆的秋夜带给曹丕的是“向风长叹息，断绝我中肠”（《杂诗》）的思乡之情；夏日炎炎，避暑纳凉，肴核杂陈，带给曹丕的却是莫名的“从朝至日夕，安知夏节长”（《夏日诗》）的忧虑；琴瑟满堂、女娥长歌时，他又会因“为乐常苦迟”（《大墙上蒿行》）而心悲，外界的丝毫变化都会给曹丕带来奇妙的心理变化。曹丕诗歌所抒发的情感，既不是曹操政治家的英雄情怀，也不是忧生叹世、悲天悯人的士子之情，而是文人精神层面的敏感之情，它超越了物质层面的因素，是纯粹的精神情怀，这就是所谓的“文士气”“能移人情”。

第二，清丽的诗歌语言。曹操和曹丕都主张向汉乐府诗学习，但曹操表现出的是一种英雄的豪情壮志，而曹丕更多的是文人的情怀。钟惺认为“文帝诗便婉娈细美，有公子气，有文士气”（《古诗归》）。曹丕在向汉乐府诗学习的过程中，主要发展了其清新流丽的语言特色，形成了清丽秀美的语言风格。如“丹霞夹明月，华星出云间”（《芙蓉池作》）、“菱芡覆绿水，芙蓉发丹荣”（《于玄武陂作》）、“俯视清水波，仰看明月光”（《杂诗》之一）、“悲弦激新声，长笛吹清气”（《善哉行》）、“有美一人，婉如清扬。妍姿巧笑，和媚心肠”（《善哉行》其二）、“西北有浮云，亭亭如车盖”（《杂诗》）等，这些诗句语言清新流丽，韵味隽永。

第三，以五言为主的杂言体。曹操与曹丕的诗歌均是杂言诗，曹操以四言为主，曹丕以五言为主。曹丕四言诗现存 10

首，少于曹植，多于曹操，并且“章法条递，风情婀娜”（陈祚明《采菽堂古诗选》）；五言诗23首，约占其诗的一半，仅次于曹植，并且“深远独绝，诗之上格”（陈祚明《采菽堂古诗选》）；六言诗有4首；《燕歌行》2首，开我国诗歌七言之先河；长篇杂言体《大墙上蒿行》长达75句，364字，句式也自由灵活，故王夫之《船山古诗评选》称“长句长篇，斯为开山第一祖。鲍照、李白领此宗风，遂为乐府狮象”。在建安诗人中，曹丕是最富于艺术形式探索和创新的文人。

曹丕是建安时期的辞赋作家之一，刘勰《文心雕龙》称赞其“妙善辞赋”，今存作品20余篇，数量仅次于曹植。曹丕的辞赋就内容而言，可分为记述军国大事和日常事物感怀，前者如《述征赋》，后者如《寡妇赋》《感物赋》《离居赋》。就其艺术形式而言，曹丕的辞赋主要有四个特点。第一，篇幅短小。据不完全统计，在曹丕现存所有的赋里，全文在10句以内的有6篇；10句以上、20句以内的有13篇；20句以上、30句以内的有4篇；全文30句以上的仅有3篇，《弹荼赋》34句，《柳赋》38句，《校猎赋》最长，存下来的也就刚超过50句。篇幅短小，与诗歌的篇幅差不多。第二，就题材上看，咏物赋的数量有所增加。曹丕今存赋有《弹棋赋》《玛瑙勒赋》《车渠椀赋》《玉玦赋》《柳赋》《槐赋》《莺赋》《迷迭香赋》8篇。较此前的赋作，咏物赋的数量相对有所增加，对南朝咏物赋的大量出现奠定了基础。第三，抒情成分增加。如《柳赋序》云：“昔建安五年，上与袁绍战于官渡。是时余从行，始植斯柳。自彼迄今，十有五载矣。左右仆御已多亡。感物伤怀，乃作斯赋”，曹丕通过咏柳抒发时过境迁、岁月蹉跎的感伤之情。《悼夭赋序》云：“族弟文仲亡时年十一。母氏伤其夭逝，追悼无已，余以宗族之爱，乃作斯赋”，悼念族弟文仲之亡，悲伤不已。《述征赋》云：“伐灵鼓之硼隐兮，建长旗之飘飖；跃甲卒之皓旰兮，驰万骑之浏浏；扬凯悌之丰惠兮，仰乾威之灵武；伊皇衢之遐通兮，维天纲之毕举；经南野之旧都，聊弭节而容与；遵往初之旧迹，顺归风以长迈；镇江汉之遗民，静南畿之遐裔”，把曹军长驱直入、不战而胜的情感写得淋漓尽致。曹丕的赋无论写什么题材，抒情成分较前代赋作明显有所增加。第四，语言华丽。曹丕在《典论·论文》中说：“诗赋欲丽”，在具体创作实际中，其辞赋与诗歌一样，追求华丽的辞藻，如“扬云旗之缤纷兮，聆榜人之喧哗”（《浮淮赋》）、“振绿叶以葳蕤，吐芬葩而扬荣”（《沧海赋》）、“风飘飘而吹衣，鸟飞鸣而过前”（《登台赋》）、“玄云暗其四塞，雨濛濛而袭予”（《愁霖赋》）、“随回风以摇动兮，吐芬气之穆清”（《迷迭香赋》）、“水幡幡其长流，鱼裔裔而东驰。风飘飖而既臻，日掩薆而卤移”（《登城赋》）、“瞻玄云之蓊郁，仰沉阴之杳冥”（《感物赋》）等。

曹丕有各类文章120余篇，主要可以分为公文和书信两类。公文类包括诏、令、策、表等，延续了曹操尚“通脱”的特点。如《答蒋济诏》中以刘邦《大风歌》中“安得猛士兮守四方”一句开头，把作者内心渴求贤才的愿望表现出来。在庄重严肃的诏书中以民歌开头，给庄重典雅的诏书带来了一些灵性和洒脱。《群臣诏》展现了曹丕浓重的好奇心，其赋中就有对西域美玉的深情赞美、对真定梨的艳羡、对荔枝的垂涎、对蜀锦的叹赏，对葡萄的描写尤其令人叹为观止，“脆而不酸，冷而不寒，味长汁多，除烦解渴。又酿以为酒，甘于曲蘖，善醉而易醒。道之固已流羡咽嗌，况亲食之邪!”（此文一题为《与吴监书》）当时葡萄还不为大众熟知，曹丕从其习性、食用季节、方法、口感、功用等方面一并介绍，为文生动形象，展示了作者对葡萄酒的喜爱。《群臣诏》“通脱”的文风，使枯燥乏味的诏书令人耳目一新。曹丕书信体散文今存35篇，是其散文成就最高的文种，有给政敌的书信，如《报孙权书》；有给臣下的书信，如《与王朗书》；有给朋友的书信，如《与吴质书》；有家人之间的书信，如《与曹洪书》等。无论是哪一类，均有浓郁的抒情特点。如“惟芳菊纷然独荣，非夫含乾坤之纯和，体芳芳之淑气，孰能如此？故屈平悲冉冉之将老，思餐秋菊之落英，辅体延年，莫斯之贵，谨奉一束，以助彭祖之术”（《与钟繇九日送菊书》）。该篇不仅抒写了与钟繇深厚的情谊，而且表达了对长生不老的期盼。又如“人生有七尺之形，死为一棺之土。唯立德扬名，可以不朽。其次莫如著篇籍。疫疠数起，士人雕落，余独何人，能全其寿？”（《与王朗书》）流露出作者人生苦短的感慨，转而劝友人著书立说。这些书信体文章情感真挚，文辞轻盈明丽，值得一读。

3 文气论的首倡者

曹丕最经典的文学批评著作是《典论·论文》。《典论》

原有20篇，唐宋时大多散佚，今仅存《论文》《自叙》《奸谗》《内诫》《太宗论》《周成汉昭论》等诸篇。《论文》一篇因被选入《昭明文选》而得以完整地保存下来，其余均为残篇。《典论·论文》涉及曹丕对文学的许多精到评价，多受后人赞誉，特以“文气”论影响最大。

自先秦开始，中国文学就形成了文、史、哲相统一的形态，文学地位不高。到汉武帝“罢黜百家，独尊儒术”之时，文学依然是政治的附庸。在中国文学发展史上，曹丕首次提出文学也是不朽的，“盖文章经国之大业，不朽之盛事。年寿有时而尽，荣乐止乎其身，二者必至之常期，未若文章之无穷”。儒家本有“三不朽”（立德、立功、立言）之说，曹丕将“立言”凌驾于“立德”与“立功”之上，首次提高了文学地位。当然，曹丕的“文章”观念比较宽泛，并不等同于我们今天的文学观念，但曹丕的“文章”观念包括我们现代意义上的文学。在此基础上，曹丕还分析了文学的特点，提出了“奏议宜雅，书论宜理，铭诔尚实，诗赋欲丽”的观点，这是中国文学史、文学批评史上第一次正式提出了文体分类及其各自特点。四科八体之论，为文学批评、文学鉴赏提出了可参照的标准。那么，为什么作家在风格上有不同？曹丕认为主要在于“文气”。

“气”是古代重要的哲学观念，其含义也略有不同。《老子》四十二章首次提到“气”：“道生一，一生二，二生三，三生万物，万物负阴而抱阳，冲气以为和”，这里的“气”指的是生成宇宙万物的本质元素。《庄子·知北游》云：“人之生，气之聚也。聚则为生，散则为死。……通天下一气耳”，“气”则变成一切生命存在的依据。《左传·昭公二十五年》云：“民有好恶，喜怒哀乐，生于六气”，则“气”又变成人特有的一种精神气质。

最早将“气”引入文学批评领域的是孟子，孟子曰：“我知言，我善养吾浩然之气”。这种“浩然之气”，是指“其为气也，至大至刚，以直养而无害，则塞于天地之间。其为气也，配义与道；无是，馁也”（《孟子·公孙丑上》）。将“知言”与“养气”联系起来，用哲学的“气”观念阐述文学，为曹丕的“文气”说开辟了道路。

曹丕首倡“文气”，“文以气为主，气之清浊有体，不可力强而致。譬诸音乐，曲度虽均，节奏同检。至于引气不齐，巧拙有素，虽在父兄，不能以移子弟”（《典论·论文》）。曹丕以音乐演奏为喻，说明文人因先天所禀的清浊之气不同，即使文体和艺术技巧相同，创作出来的文学作品也有很大的不同。曹丕用东汉以来流行的品评人物的风尚，用人的品性有清浊之分，来论文的“清浊有体”，符合文学作品创作的实际。才有巧拙，性有清浊，所谓“徐幹时有齐气”“刘桢壮而不密”“孔融体气高妙”等论就是曹丕运用“文气”说的观念来评价建安文士，指出他们的文章表现了他们清高、俊逸的才性。曹丕讲“文气”重视清高、俊逸，和后代批评家所说的“建安风骨”的观念正是相通的。

曹丕的“文气”对后代的文学批评产生了很大的影响。刘勰指出“缀虑裁篇，务盈守气”（《文心雕龙·风骨》），保持充盈的气势，是构思为文的关键。唐代韩愈认为“气”与“言”有关，“气，水也；言，浮物也；水大而物之浮者大小毕浮。气之与言犹是也，气盛则言之短长与声之高下皆宜”（《答李翊书》），即文学创作只有达到“气盛”的状态，才能做到“言之短长与声之高下皆宜”。到清代，桐城派受曹丕“文气”影响而提出“神气”之说。姚鼐说：“文字者，犹人之言语也，有气以充之，则观其文也，虽百世而后，如立其人与言于此；无气则积字焉而已。意与气相御而为辞，然后有声音节奏高下抗坠之度，反复进退之态，彩色之华”（《答翁学士书》）。作者的“神气”形于音节字句之间，所以通过文章的音节字句就可以把握作者的“神气”，即所谓的“因声求气”说。

4 建安文坛的领袖

建安文坛的领袖是谁？有相当一部分学者认为是曹操，王季思先生认为，“建安时期出现的新诗人，大都是团结在曹操周围，为曹操的统一北方，建立魏政权，从文学方面配合他的斗争的”（《黄巾起义冲击下的建安诗坛》）。逯钦立先生也说：“曹操收容了这些文人，自然是笼络他们，使他们为自己的统一全国服务，为点缀他的军国事业服务”（《在文学史上应该怎样评价曹操》）。王、逯二位先生之说有一定的道理。然而，曹操一再下求贤令，文士纷纷归附，形成了邺下文人集团，但曹操忙于战争，真正在邺下与文人论文宴饮的机会很有限，所以曹操与建安文士交往的篇章极少。而曹丕自进驻邺城后，几乎不曾离开过，建安文士与他交往颇多。因此，曹操是建安文学局面的开创者，曹丕才是建安文坛的真正领袖。

曹丕自叙其进驻邺城的生活时写道，“为太子时，北园及东阁讲堂并赋诗，命王粲、刘桢、阮瑀、应场等同作”（《叙事》）。曹丕从任太子开始，就与王粲、刘桢、阮瑀、应场等建安文士相互酬唱，开始交往。曹丕在《与吴质书》中述及他们的交往时云：“每念昔日南皮之游，诚不可忘。既妙思六经，逍遥百氏，弹棋间设，终以博奕，高谈娱心，哀筝顺耳。弛骛北场，旅食南馆，浮甘瓜于清泉，沉朱李于寒水。白日既匿，继以朗月，同乘并载，以游后园。舆轮徐动，宾从无声，清风夜起，悲笳微吟，乐往哀来，怆然伤怀。余顾而言，斯乐难常，足下之徒，咸以为然。”建安十六年（211），曹丕与徐幹、陈琳、阮瑀、应场、刘桢、曹植、王粲、曹真、曹休、吴质等人共游南皮（今河北省南皮县），他们高谈阔论，弹棋博弈，驰骛北场，旅食南馆，浮瓜沉李，何其乐哉。“行则连舆，止则接席，何曾须臾相失！每至觞酌流行，丝竹并奏，酒酣耳热，仰而赋诗”（《又与吴质书》），他们由此建立起深厚的情谊。建安二十二年（217），阮瑀、徐幹、陈琳、应场、刘桢等先后去世，曹丕啼不自禁，“昔年疾疫，亲故多离其灾，徐、陈、应、刘，一时俱逝，痛何可言邪！”（《又与吴质书》）阮瑀死后，曹丕曾作诗、赋，以其妻之口吻哀悼之，“守长夜兮思君，魂一夕兮九乖”，“愿从君兮终没，愁何可兮久怀”（《寡妇诗》）。曹丕以阮瑀妻之视觉表达对他的思念，更能表达出追悼亡人的悲情，读来使人伤怀。曹丕对王粲一直比较友善，曾多次命王粲唱和。曹丕《槐赋》序曰："文昌殿中槐树，盛暑之时，余数游其下，美而赋之。王粲直登贤门，小阁外亦有槐树，乃就使赋曰。"曹丕亲自拜访王粲，并与其同咏夏槐。王粲死后，曹丕亲赴哀悼。王粲生前喜欢驴鸣，曹丕令友人学之，以慰亡友在天之灵。曹丕十分喜爱孔融的文章，称其"扬、班俦也"。孔融死后，他广泛收集孔融之作品，有奉献者赏以金、帛。

曹丕对建安文士的评价也是非常中肯的，如徐幹"怀文抱质，恬淡寡欲，有箕山之志"、应玚"才学足以著书"、陈琳"章表殊健，微为繁富"、刘桢"有逸气"、阮瑀"书记翩翩"、王粲"善于辞赋"（《又与吴质书》）、繁钦"虽过其实，而其文甚丽"（《繁钦集序》）等。

因此，曹丕才是建安文坛名副其实的领袖。

四　建安文学的主力军
——建安七子

“七子”之说，首见于曹丕的《典论·论文》：“今之文人：鲁国孔融文举、广陵陈琳孔璋、山阳王粲仲宣、北海徐幹伟长、陈留阮瑀元瑜、汝南应玚德琏、东平刘桢公干，斯七子者，于学无所遗，于辞无所假，咸自以骋骥騄于千里，仰齐足而并驰。以此相服，亦良难矣！”由此知，“建安七子”是指

建安七子

孔融、陈琳、王粲、徐幹、阮瑀、应玚、刘桢七人。此后，关于“建安七子”的组成人员时有争议，然曹丕之说还是最终被大家所认可，逐渐接受下来。

1　体气高妙的孔融

孔融（153～208），字文举，鲁国（今山东曲阜）人。孔融为孔子的二十世孙，其七世祖孔霸以治《尚书》闻名，被汉元帝封关内侯，深得朝臣敬仰。自孔霸至孔融，鲁国孔氏世代高官，封侯者 7 人，至卿相牧守者 53 人。孔融的父亲孔宙，官至泰山都尉。

孔融

孔融幼时聪慧，因 4 岁让梨而得宗族看重，10 时初至京城，独自拜见太尉、名士李膺，因善辩而得其赏识，故得以结交京城名士。17 岁时孔融因庇护被朝廷缉拿的名士张俭而获罪，一门都争着赴死，郡县迟疑不能决断，于是向朝廷请示。诏书最后定了孔褒的罪。孔融因而闻名天下。25 岁时，孔融受司徒杨赐征召，入其幕府为幕僚。中平元年（184），河南尹何进即将升任大将军，杨赐派孔融拿着名片去祝贺何进，因门人没有及时通报，孔融就把名片夺回，引罪自责而去。何进升任将军之后，征辟孔融，举其为高第，迁侍御史。孔融又因与御史中丞赵舍不和，托病归家，后来被征为司空杨赐的掾属，授任北中军侯，在职三天，转任虎贲中郎将。正逢董卓总揽朝政，想要废掉汉少帝，孔融与之争辩，言辞激辩，常有匡正之言。董卓怀恨在心，于是转其为议郎。初平元年（190），孔融被派到黄巾军最为猖獗的北海国（治今山东省昌乐县西）为相。建安元年（196），曹操征召孔融为将作大匠，后又升任少府。建安十三年（208），孔融升迁为太中大夫，本性宽容不猜忌别人，重视人才，喜欢引导提拔年轻人。其退任闲职后，宾客天天满门。后因遭人诬陷，孔融于建安十三年（208）八月被曹操处死，并株连全家，时年56岁。

孔融的文学创作，《后汉书》本传称有“诗、颂、碑文、论议、六言、策文、表、檄、教令、书记凡二十五篇”。今存诗8首，文40余篇。

孔融的诗今存8首，内容主要描写汉末的社会现实，讴歌自己的理想抱负，彰显个人高洁的人格。《六言诗三首》集中描写了汉末董卓专权、郭李纷争、迁都长安、移都于许等重大的历史事件，特别是“郭李分争为非，迁都长安思归。瞻望关东可哀。梦想曹公归来”（其二）、“从洛到许巍巍，曹公辅国无私。减去厨膳甘肥，群僚率从祁祁。虽得俸禄常饥，念我苦寒心悲”（其三）后二首赞美了曹操力挽狂澜、救民倒悬、精忠爱国的精神。诗歌采用六言的形式，是一种很好的尝试，语言质朴，没有太高的艺术技巧。《离合作郡姓名字诗》是一首文字游戏诗，“渔父屈节，水潜匿方。与时进止，出寺施张。吕公矶钓，阖口渭旁。九域有圣，无土不王。好是正直，女回于匡。海外有截，隼逝鹰扬。六翮将奋，羽仪未彰。蛇龙之蛰，俾也可忘。玟璇隐曜，美玉韬光。无名无誉，放言深藏。按辔安行，谁谓路长”。离合诗为文字形态的一种短诗类型，诗歌行文原则上通常为字相拆成文。本诗22句，可以拼凑成“鲁国孔融文举”六个字，同时歌颂渔父、吕公，可以看作是孔融对自己高洁品行的赞美。《临终诗》是孔融的绝笔，是对自己人生的总结，并认识到自己言多必失的错误。孔融另有《杂诗二首》，艺术成就高于其他诸作。总之，孔融的诗歌，内容充实，反映了汉末的社会情形，但艺术性较差，胡应麟云：“《谈艺》云：‘孔融爵名，高列诸子。观《临终》诸诗，大类篇铭语耳。’北海不长于诗，读此全篇可见”（《诗薮》）。可见，孔融诗作都是如此，语言质实，全无诗味。

孔融文有40余篇，从文体上看，其文可分为上书、表、议、对、教、令、书、论、疏、碑铭十种。其中，最具代表性的是“书”和“表”，代表了孔融散文的最高成就。

孔融的“书”体文数量最多，有27篇。这些作品艺术成就亦高，代表了孔融散文的最高成就。李充《翰林论》“或问曰：‘何如斯可谓之文?’答曰：‘孔文举之书，陆士衡之议，斯可谓成文也。’”孔融的“书”体文可分为公文书体信函和私人信件两种，前者如《上书荐赵台卿》《报曹公书》《论盛孝章书》等，后者如《与许博士书》《与王朗书》等。公文书体信函是指写给曹操的书信，虽然不免有程式化的缺憾，但也感情饱满，最具代表性的是《论盛孝章书》。建安九年（204），曹操任司空兼车骑大将军，大权在握，时任少府的孔融向曹操上书，推荐盛孝章。文章开头是叙述盛孝章的困境："困于孙氏，妻孥湮没，单孑独立，孤危愁苦。若使忧能伤人，此子不得复永年矣。"即盛孝章为孙权所困，妻子儿女流离失所，在孤立无援中忍受痛苦。文章情真意切，感人至深。次言"孝章要为有天下大名，九牧之民所共称叹"，天下名士，声望颇高。最后申述明主贤君欲统一天下，非人才不可，"燕君市骏马之骨，非欲以骋道里，乃当以招绝足也。惟公匡复汉室，宗社将绝，又能正之。正之之术，实须得贤。珠玉无胫而自至者，以人好之也，况贤者之有足乎？昭王筑台以尊郭隗，隗虽小才，而逢大遇，竟能发明主之至心，故乐毅自魏往，剧辛自赵往，邹衍自齐往。向使郭隗倒县而王不解，临溺而王不拯，则士亦将高翔远引，莫有北首燕路者矣。"用燕昭王礼贤下士、天下英才尽归其国的事例说明人才对国家强盛的重要性。文章多用四字句、排偶句，文辞华美，用典贴切，气势充沛，诚如苏轼所评："孔北海志大而论高，功烈不见于世，然英伟豪杰之气，自为一时所宗，其论盛孝章、郗鸿豫书，慨然有烈丈夫之风"（《乐全先生文集叙》）。私人信件指朋友间往来的信函，多饱含情感，如"世路隔塞，情问断绝，感怀增思"（《与王朗书》）、"但用离析，无缘会面，为愁叹耳。道直途清，相见岂复难哉"（《遗张纮书》）等，无不充满着对朋友的无限关切。

孔融“表”今虽仅存《荐祢衡表》一篇，却取得了非常高的成就。祢衡少有才辩，性格刚毅傲慢，好侮慢权贵，与孔融友善。建安元年（196），孔融撰此文向曹操举荐祢衡。文章开篇盛赞祢衡的才华，“淑质贞亮，英才卓跞。初涉艺文，升堂睹奥，目所一见，辄诵于口，耳所暂闻，不忘于心，性与道合，思若有神。弘羊潜计，安世默识，以衡准之，诚不足怪。忠果正直，志怀霜雪，见善若惊，疾恶如仇。任座抗行，史鱼厉节，殆无以过也”。祢衡坚贞贤明，英才卓越，过目成诵，忠实果敢，志操高洁，德行高尚，疾恶如仇，是难得的人才。紧接着，孔融表达了他举荐祢衡的急切心情。

> 昔贾谊求试属国，诡系单于；终军欲以长缨，牵致劲越：弱冠慷慨，前代美之。近日路粹、严象，亦用异才擢拜台郎，衡宜与为比。如得龙跃天衢，振翼云汉，扬声紫微，垂光虹蜺，足以昭近署之多士，增四门之穆穆。钧天广乐，必有奇丽之观；帝室皇居，必蓄非常之宝。若衡等辈，不可多得。《激楚》、《阳阿》，至妙之容，掌技者之所贪；飞兔、騕褭，绝足奔放，良、乐之所急。臣等区区，敢不以闻！
>
> 陛下笃慎取士，必须效试，乞令衡以褐衣召见。无可观采，臣等受面欺之罪。

文章列举了贾谊、终军、路粹和严象因异才而受重用的事实，说明了祢衡如他们一样可委以重任。祢衡一旦得以使用，将如龙跃天际、鸟冲云霄一般发挥其聪明才智，为朝廷贡献力量；若举荐不实，甘愿受欺君之罪。文章把孔融推荐祢衡的急切心情表现得淋漓尽致，并且文采华赡，连用排偶句，充分运用类比、对比、比喻、夸张等多种修辞手法，气势浩然，抒情真挚自然。何焯认为此文“气尤壮”（《义门读书记·文选》），刘勰说“气扬采飞”（《文心雕龙·章表》）。文采与气势相为表里，是本文成功之所在。

“书”“表”类文章，是孔融散文的精华，成就之高，后人难以超越，故受到后人的称赞。曹丕云：“孔融体气高妙，有过人者”（《典论·论文》），明人张溥云：“今读其书表，如鲍子复生，禽息不没，彼之大度，岂止六国四公子乎？……东汉词章拘密，独少府诗文，豪气直上，孟子所谓浩然，非邪？琴堂衣冠，客满酒盈，予尚能想见之”（《汉魏六朝百三家集·孔少府集题辞》）。二人之评，颇为中肯。

2 雅润清丽的王粲

王粲（177～217），字仲宣，山阳郡高平（今山东省邹县西南）人。王粲出生于官宦世家，曾祖父王龚官至太尉，祖父王畅官至尚书令，父亲王谦为大将军何进的长史。王粲少时随父在洛阳居住，初平元年（190），董卓胁汉献帝迁往长安，王粲也随之迁至长安。到长安后，王粲得到左中郎将蔡邕的赏识，并得其馈赠的部分藏书，由此声誉渐著。初平四年（193），王粲时年17岁，司徒征召其为黄门侍郎，其以西京扰乱而未赴职，于是到荆州依附刘表。刘表以王粲貌不副其名而且身体羸弱，不甚见重。建安十三年（208），刘表死后，王粲劝刘表次子刘琮归降于曹操。曹操辟王粲为丞相掾，赐爵关内侯。建安十八年（213），魏国始建宗庙，王粲拜侍中。建安二十一年（216），王粲随曹操大军征东吴。建安二十二年（217）春，王粲于征途病卒，时年41岁。

王粲

政治上的不得志，终于使王粲成就了自己在文学上的不朽事业，《三国志》传称“著诗、赋、论、议垂六十篇”，在诗、赋、文等多种体裁上均取得较好的成就，尤以《登楼赋》和《七哀诗》最为著名。在建安文坛上，王粲的文学成就仅次于曹植，故并称“曹王”。刘勰在《文心雕龙·才略》中赞誉王粲为“七子之冠冕”。

王粲的诗有20余首，总体反映了他强烈的功名意识和思乡情结。王粲虽多年生活在幕府，然他与广大民众一样经历了社会的动乱。作为一位有远大抱负的士人，苦难的现实激起王粲建功立业的功名意识和思乡的情绪。如在《从军诗五首》

中，有对社会现实的描写，“悠悠涉荒路，靡靡我心愁。四望无烟火，但见林与丘。城郭生榛棘，蹊径无所由。萑蒲竟广泽，葭苇夹长流”（其五），荆棘丛生，林壑纵横，杂草丛生，人烟稀少，一幅战后破败景象；又有建功立业的理想，“弃余亲睦恩，输力竭忠贞。惧无一夫用，报我素餐诚。夙夜自恲性，思逝若抽萦。将秉先登羽，岂敢听金声”（其二）、“身服干戈事，岂得念所私？即戎有授命，兹理不可违”（其三）、“我有素餐责，诚愧伐檀人。虽无铅刀用，庶几奋薄身”（其四），舍小家而顾大家，奋不顾身，捐躯国难，冲锋陷阵，为国家统一尽绵薄之力；亦有浓郁的思乡之情，“征夫怀亲戚，谁能无恋情？拊襟倚舟樯，眷眷思邺城。哀彼东山人，喟然感鹳鸣。日月不安处，人谁获常宁”（其二）、“白日半西山，桑梓有余晖。蟋蟀夹岸鸣，孤鸟翩翩飞。征夫心多怀，恻怆令吾悲。下船登高防，草露沾我衣”（其三）、“日夕凉风发，翩翩漂吾舟。寒蝉在树鸣，鹳鹄摩天游。客子多悲伤，泪下不可收”（其五），秋日黄昏，红日西斜，孤鸟翩翩，寒蝉凄切，引发诗人对家乡的眷恋之情。因此，《从军诗五首》抒写了诗人功名意识和思乡情结的矛盾，这正是动乱现实中诗人自我的真实写照。《七哀诗三首》是这一矛盾心情的集中体现，也给王粲带来巨大声誉：

> 西京乱无象，豺虎方遘患。复弃中国去，远身适荆蛮。亲戚对我悲，朋友相追攀。出门无所见，白骨蔽平原。路有饥妇人，抱子弃草间。顾闻号泣声，挥涕独不

还。“未知身死处，何能两相完？”驱马弃之去，不忍听此言。南登霸陵岸，回首望长安。悟彼下泉人，喟然伤心肝！

荆蛮非我乡，何为久滞淫？方舟溯大江，日暮愁我心。山冈有余暎，岩阿增重阴。狐狸驰赴穴，飞鸟翔故林。流波激清响，猴猿临岸吟。迅风拂裳袂，白露沾衣衿。独夜不能寐，摄衣起抚琴。丝桐感人情，为我发悲音。羁旅无终极，忧思壮难任。

边城使心悲，昔吾亲更之。冰雪截肌肤，风飘无止期。百里不见人，草木谁当迟？登城望亭隧，翩翩飞戍旗。行者不顾返，出门与家辞。子弟多俘虏，哭泣无已时。天下尽乐土，何为久留兹？蓼虫不知辛，去来勿与谘。

第一首描写了汉末哀鸿遍野、满目疮痍的社会现实，特别是“路有饥妇人，抱子弃草间。顾闻号泣声，挥涕独不还。‘未知身死处，何能两相完？’”六句采用细节描写的方法，勾勒出一幅血泪纵横的凄惨画面。它告诉人们，汉末的军阀混战对人民生活的破坏是多么骇人听闻啊！诗歌结尾，表达了诗人渴望圣明之君统一天下，救民于水火的愿望。第二首抒写诗人久客荆州思乡怀归的感情。烟霭苍茫、水波浩渺的江上日暮情景，狐狸赴穴、飞鸟翔林、猿猴哀吟的黄昏景象，引发诗人无尽的思乡之情。王粲到荆州后得不到刘表的赏识，才华没有施展的机会，感到十分苦闷。怀才不遇使他更加思念故乡，而思乡之情又充满了怀才不遇的忧愁。因此，此诗写得忧伤凄恻，催人泪下。第三首写建功的决心和对天下统一的向往。边城萧瑟，草木枯死，冰封雪飘，刺人心骨，行人顶风冒雪，虽有多人战死，仍奋不顾身，冲锋陷阵，誓死报效国家，争取早日天下太平。对于《七哀诗》，前人过于看重第一首，而忽略了后二首。事实上，若将第二首与第三首的次序对调，淡化诗歌的背景，那么三首诗前后连贯，为我们描绘了这样一幅场景：汉末乱离的社会惨状激起诗人的豪情壮志，他远赴疆场试图实现其建功立业、报效国家的远大抱负。然而，在残酷的战争面前，诗人的理想落空了，不免产生思归的情绪。这样，诗歌合情合理，一气呵成，既体现了诗人功名意识和思乡情结的矛盾纠结，又反映了汉末有识之士的内心，不愧是汉末实录。

对于王粲诗歌的艺术成就，刘勰曾云："若夫四言正体，则雅润为本，五言流调，则清丽居宗，华实异用，惟才所安。故平子得其雅，叔夜含其润，茂先凝其清，景阳振其丽。兼善则子建、仲宣，偏美则太冲、公干"（《文心雕龙·明诗》）。王粲的四言诗今仅存《赠蔡子笃》《赠士孙文始》《赠文叔良》《思亲为潘文则作》四首，均为赠别之作，抒发离情别绪。诗歌既有"悠悠世路，乱离多阻"（《赠蔡子笃》）的悲叹，亦有"悠悠我心，薄言慕之"（《赠士孙文始》）的艳羡，亦有"梧宫致辩，齐楚构患。成功有要，在众思欢"（《赠文叔良》）的劝勉，还有"思若流波，情似坻颓"（《思亲为潘文则作》）的相思。王粲诗歌没有黯然销魂的悲伤，有的只是心平气和，很明显是受《诗经》"二雅"的影响，具有雅正、润泽的特点。王粲的五言诗数量最多，成就也最高。相比四言诗，王粲的五言诗的抒情气氛更浓郁些，在语言上具有质朴无华和清新华丽两种风格。质朴无华者如“出门无所见，白骨蔽平原”（《七哀诗》其一）、“拓地三千里，往返速若飞”（《从军诗》其一）、“生为百夫雄，死为壮士规”（《咏史诗》其一）等，虽无过多的修饰，然亦写得极为工整。另有部分五言诗歌具有清新华丽的特点，如“日暮游西园，冀写忧思情。曲池扬素波，列树敷丹荣”（《杂诗》其一）、“幽兰吐芳烈，芙蓉发红晖。百鸟何缤翻，振翼群相追”（《杂诗》其三）、“昊天降丰泽，百卉挺葳蕤。凉风撤蒸暑，清云却炎晖”（《公宴诗》）等。

王粲的诗，无论是四言还是五言，质朴无华抑或清新华丽，都取得了很高的艺术成就，王粲是建安诗歌的佼佼者。沈约评论王粲为：“以气质为体”（《宋书·谢灵运传论》），极为公允，深得王粲诗歌之精髓。

“王粲长于辞赋”（曹丕《典论·论文》），曹丕的一句话道出一个重要信息：王粲的赋成就亦颇高。王粲的赋今存20余篇，大致可以分为军旅纪行赋、游览畋猎赋、咏物赋和抒情小赋。军旅纪行赋如《初征赋》《浮淮赋》，前者写于建安十三年（208）赤壁之战后随曹操返谯，后者写于建安十四年（209）随曹操东征。这些作品略于行军打仗，主要以颂德为主，如“凌惊波以高骛，驰骇浪而赴质。加舟徒之巧极，美榜人之闲疾。白日未移，前驱已届。群师按部，左右就队。轴轳千里，名卒亿计。运兹威以赫怒，清海隅之蒂芥。济元勋于一举，垂休绩于来裔”（《浮淮赋》），用铺张扬厉的手法赞美曹军阵容强大，军容整齐，实力强劲，不可阻挡，极为遒劲慷慨。游览畋猎赋如《羽猎赋》《游海赋》，铺排描写极为壮丽，亦以颂德为主，仍有汉大赋的风尚。咏物赋如《迷迭赋》《玛瑙勒赋》《车渠椀赋》《槐树赋》《柳赋》《白鹤赋》《鹦鹉赋》《莺赋》《鹖赋》等，以描绘细腻清新见长。王粲抒情小赋数量最多，成就也最高。如《寡妇赋》《出妇赋》采用代言体的方式，描绘女性孤苦无依，悲伤忧愁，处境堪怜，表达了作者对其不幸命运的同情；《伤夭赋》抒发了作者对早夭者的哀婉与叹息；《思友赋》表达了作者对逝去朋友的思念之情等。给王粲带来巨大声誉的则是作于荆州的《登楼赋》。

登兹楼以四望兮，聊暇日以销忧。览斯宇之所处兮，实显敞而寡仇。挟清漳之通浦兮，倚曲沮之长洲。背坟衍之广陆兮，临皋隰之沃流。北弥陶牧，西接昭丘。华实蔽野，黍稷盈畴。虽信美而非吾土兮，曾何足以少留。

遭纷浊而迁逝兮，漫逾纪以迄今。情眷眷而怀归兮，孰忧思之可任？凭轩槛以遥望兮，向北风而开襟。平原远而极目兮，蔽荆山之高岑。路逶迤而修迥兮，川既漾而济深。悲旧乡之壅隔兮，涕横坠而弗禁。昔尼父之在陈兮，有归欤之叹音。钟仪幽而楚奏兮，庄舄显而越吟。人情同于怀土兮，岂穷达而异心！

惟日月之逾迈兮，俟河清其未极。冀王道之一平兮，假高衢而骋力。惧匏瓜之徒悬兮，畏井渫之莫食。步栖迟以徙倚兮，白日忽其将匿。风萧瑟而并兴兮，天惨惨而无色。兽狂顾以求群兮，鸟相鸣而举翼。原野阒其无人兮，征夫行而未息。心凄怆以感发兮，意忉怛而憯恻。循阶除而下降兮，气交愤于胸臆。夜参半而不寐兮，怅盘桓以反侧。

王粲流寓荆州15年，才华横溢却得不到刘表重用。建安九年（204）秋，王粲在荆州登上麦城（在今湖北省当阳县东南）城楼，纵目四望，写下了这篇传诵不衰的名赋。作品首写荆州的地理环境、美好的景物，以及客居他乡的忧愁之情，郁郁不得志的心情溢于言表。次写思乡之情，情景交融，历史与现实交融，沉重而悲伤。最后写怀才不遇的感慨之情，情调低沉但基本精神是奋发向上的。辞藻华美，情景交融，骈散相间，写景则旷达浑厚，抒情则婉转凄恻，诚为千古绝唱。总之，王粲的赋作品有明显的过渡痕迹，既有对汉大赋艺术的承袭，又开抒情小赋创作之热情。咏物赋数量的增多，又为南朝咏物赋创作高潮的出现奠定了基础。

王粲的散文今存10余篇，多为论、赞、颂等文体，成就较高的是《为刘表谏袁谭书》和《为刘表与袁尚书》两篇书信。袁绍有谭、熙、尚三子，生前未确定继承人。袁绍死后，逢纪、审配矫绍命立尚。袁尚即位后，兄弟矛盾加剧，尚发兵征谭，谭向曹借兵拒尚。建安八年（203），王粲秉刘表之意写《为刘表谏袁谭书》和《为刘表与袁尚书》两份书信加以规劝。《为刘表谏袁谭书》先晓之以理，“父子相杀，兄弟相残，亲戚相灭，盖时有之。然或欲以成王业，或欲以定霸功，皆所谓逆取顺守，而徼富强于一世也。未有弃亲即异，兀其根本，而能（崇业济功），全于长世者也”。历史上确实有父子反目、兄弟骨肉相残的例子，然能成就霸业者却无一例，谆谆劝告，一片赤诚。继动之以情，“君子违难不适仇国，交绝不出恶声，况忘先人之仇，弃亲戚之好，而为万世之戒，遗同盟之耻哉！蛮夷戎狄将有诮让之言，况我族类，而不痛心邪！夫欲立竹帛于当时，全宗祀于一世，岂宜同生分谤，争校得失乎？若冀州有不弟之傲，无惭顺之节，仁君当降志辱身，以济事为务。事定之后，使天下平其曲直，不亦为高义邪？”为了父亲之仇，当顾及兄弟之亲，联合起来共同对付曹操。《为刘表与袁尚书》采用正反说理的方法，“亲寻干戈，僵尸流血，闻之哽咽，若存若亡。乃追案书传，思与古比。昔轩辕有涿鹿之战，周公有商、奄之军，皆所以翦除灾害而定王业者也，非强弱之争，喜怒之忿也。是故虽灭亲不为尤，诛兄不伤义也”。文章先从反面说明兄弟失和，灭亲伤义，为君子所不取，为大业有害。紧接着正面说理，“今二君初承洪业，纂继前轨，进有国家倾危之虑，退有先公遗恨之负，当惟曹是务，不争雄雌之势，惟国是康，不计曲直之利。虽蒙尘垢罪，贱为隶圉，析入汙泥，犹当降志辱身，方以定事为计。”兄弟和睦，共同抗曹，不计兄弟之嫌隙方是当时之大务。王粲的两份书信从二人身份入手，动之以情，晓之以理、义，而且根据收信人的性格特点安排行文的语气和措辞，前文“优游缓节”，后文“词章纵横”，各有特色。

3 言壮而情骇的刘桢

刘桢

刘桢（？～217），字公干，东平宁阳（今山东省宁阳县）人。刘桢是汉宗室之后，其祖上难以考知。目前有资料可考的仅有刘梁，《后汉书·文苑传》和《三国志》注引《文士传》有载，然是刘桢的父亲抑或祖父，亦不得而知。刘桢小时候在清贫的环境中长大，但非常有才华，年仅 8 岁就可以诵读《诗经》《论语》等。建安初年，刘桢入许都，被曹操征召为司空军谋祭酒。此后，刘桢随曹操参加了官渡之战、赤壁之战，以及建安十四年（209）东征孙权的战争。建安十六年（211），刘桢任曹丕五官中郎将文学，后因平视曹丕夫人甄氏而获罪，遇赦后为小吏，建安十九年（214），任曹植临淄侯文学。建安二十二年（217）冬季，中原瘟疫流行，刘桢不幸染病身亡。

刘桢诗今存 13 首，失题诗 13 首，共计 26 首。数量虽不多，但艺术成就很高，受到人们的普遍关注。与他同时代的曹丕就曾经称赞“其五言诗之善者，妙绝时人”（《又与吴质书》）。钟嵘亦高度称赞道：“故孔氏之门如用诗，则公干升堂，思王入室。”“自陈思以下，桢称独步”（《诗品上》），钟嵘在《诗品》中将刘桢归入上品，在上品十二人中排名第五位，在建安文人中仅次于曹植。关于其具体艺术成就，后人亦有所评。曹丕云："刘桢壮而不密"（《典论·论文》），钟嵘称刘桢"仗气爱奇，动多振绝，真骨凝霜，高风跨俗。但气过其文，雕润恨少"（《诗品上》），刘勰云："公干气褊，故言壮而情骇"（《文心雕龙·体性》）。综诸家所评，刘桢诗歌的特色主要集中在"言壮"和"情骇"两个方面。所谓"言壮"指情致高远，气势强劲，艺术高超；所谓"情骇"指情感真挚，感人至深。

刘桢的诗，最具代表性的是《赠从弟三首》：

> 泛泛东流水，磷磷水中石。蘋藻生其涯，华叶纷扰溺。采之荐宗庙，可以羞嘉客。岂无园中葵？懿此出深泽。
>
> 亭亭山上松，瑟瑟谷中风。风声一何盛，松枝一何劲。冰霜正惨凄，终岁常端正。岂不罹凝寒，松柏有本性。
>
> 凤凰集南岳，徘徊孤竹根。于心有不厌，奋翅凌紫氛。岂不常勤苦，羞与黄雀群。何时当来仪，将须圣明君。

第一首咏蘋藻。蘋藻生长在"磷磷"见石的清澈水中，花叶繁茂。它洁净无比，从根茎到花叶都没有半点污秽，可以做宗庙祭品。诗人勉励从弟（即堂弟）要像蘋藻一样安居卑位，始终保持出淤泥而不染的本性。第二首咏松。松树耸立在高山之巅，听任山谷中大风不断侵袭，岿然不动。无论风多么强劲，松树依然苍劲挺拔。不仅如此，它还能承受风霜严寒的考验，即使天寒地冻，万物凋零，青松在山岩之间，挺拔的姿态依然如故。诗人勉励从弟要像青松那样骨劲刚健，具有顶风斗寒不屈的倔强性格。第三首咏凤凰。凤凰不仅有神奇的习性，而且可以奋展巨翼、远飞九霄。诗人以此劝勉从弟要像凤凰一样志存高远，具有远大的理想与抱负。诗歌从低洼水中的柔弱蘋藻，到高山之巅的挺拔松树，再到展翅飞翔的高洁凤凰，一环紧扣一环，一章胜过一章，具有一股摧人向上的力量，使感情得到净化与升华。对偶句式，以及“一何”“岂”等语气词的运用，使全诗具有一气呵成、波澜壮阔的气势。谆谆劝告，其真挚之情溢于言表。此外，如《失题诗》中咏“素木”“女萝”“青雀”等，都与《赠从弟三首》一样，具有“言壮”和“情骇”的特点。

《赠五官中郎将四首》与《赠从弟三首》一样，亦是赠答诗，风格略有不同：

> 昔我从元后，整驾至南乡。过彼丰沛都，与君共翱翔。四节相推斥，季冬风且凉。众宾会广坐，明镫熺炎光。清歌制妙声，万舞在中堂。金罍含甘醴，羽觞行无方。长夜忘归来，聊且为大康。四牡向路驰，欢悦诚未央。
>
> 余婴沉痼疾，窜身清漳滨。自夏涉玄冬，弥旷十余

甸。常恐游岱宗，不复见故人。所亲一何笃，步趾慰我身。清谈同日夕，情眄叙忧勤。便复为别辞，游车归西邻。素叶随风起，广路扬埃尘。逝者如流水，哀此遂离分。追问何时会，要我以阳春。望慕结不解，贻尔新诗文。勉哉修令德，北面自宠珍。

秋日多悲怀，感慨以长叹。终夜不遑寐，叙意于濡翰。明灯曜闺中，清风凄已寒。白露涂前庭，应门重其关。四节相推斥，岁月忽欲殚。壮士远出征，戎事将独难。涕泣洒衣裳，能不怀所欢。

凉风吹沙砾，霜气何皑皑！明月照缇幕，华灯散炎辉。赋诗连篇章，极夜不知归。君侯多壮思，文雅纵横飞。小臣信顽卤，僶俛安能追！

这组诗用以表达对曹丕的知遇之恩及感激之情。诗中不乏“四牡向路驰，欢悦诚未央”“壮士远出征，戎事将独难”等豪情壮语，但更多的是弥漫着浓郁的悲凉气息。诗中既有“秋日多悲怀，感慨以长叹”“清风凄已寒。白露涂前庭”“凉风吹沙砾，霜气何皑皑”凄惨的秋景描写，又有“余婴沉痼疾，窜身清漳滨”的悲惨处境，亦有“逝者如流水，哀此遂离分”“终夜不遑寐，叙意于濡翰”“涕泣洒衣裳，能不怀所欢”的凄凉心境，情景交融，把诗人自身胸怀大志，然年纪已大仍一事无成的悲伤情绪表现出来。诗歌情调忧郁，风格苍凉悲壮，达到了刘勰所谓“情骇”的境界。

总之，刘桢的诗是“言壮”和“情骇”的结合，情志高妙，辞采优美，情调凄凉。刘桢是建安文人中仅次于曹植的著名诗人。金人元好问曾云：“曹刘坐啸虎生风，四海无人角两雄。可惜并州刘越石，不教横槊建安中。”（《论诗三十首》）他认为刘桢与曹操一样有豪情壮语，这个评价颇为中肯。

刘桢的赋现存《大暑赋》《黎阳山赋》《鲁都赋》《遂志赋》《清虑赋》《瓜赋》6 篇，除《遂志赋》外，其余均为残篇。《鲁都赋》描绘鲁国曲阜宫殿的宏伟壮观、冬天围场狩猎的规模宏大、资源的富饶、人们生活的安居乐业等，文辞华美，铺陈夸张，是标准的京都大赋。《大暑赋》描写天气的炎热。《黎阳山赋》抒写曹军人才济济及自我的欣慰之情。《清虑赋》写作者自己孤高不凡、高洁自许的人格。《瓜赋》写瓜熟、瓜实、食瓜，以及瓜味、瓜色等。成就略高的是《遂志赋》。该赋清楚地表达了作者自己的人生理想：“梢吴夷于东隅，掣叛臣乎南荆。戢干戈于内库，我马絷而不行。扬洪恩于无涯，听颂声之洋洋。四寓尊以无为，玄道穆以普将。翼俊乂于上列，退仄陋于下场。袭初服之芜萝，托蓬庐以游翔。”消灭刘备、孙权的割据势力，实现国家统一，国君实行无为而治，臣民拥君，边境和睦，国家长治久安，自己则功成身退，解甲归田，过蓬庐隐居的悠闲生活。在人人盼望建功立业的建安时代，刘桢的这种思想显得特立独行，别具一格。该赋语言华丽，对仗工整，情调高昂，情感真切，依然符合刘桢作品“言壮”与“情骇”的特点。

刘桢的散文今存碑文 1 篇，笺记 3 篇，最受后人称道的是笺记，“公干笺记，丽而规益，子桓弗论，故世所共遗。若略名取实，则有美于为诗矣”（《文心雕龙·书记》）。刘桢的笺记今存《谏平原侯植书》《与曹植书》《答曹丕借廓落带书》3篇，成就略高者为《答曹丕借廓落带书》。“廓落带”，古人衣袋之一。“廓落”有宽松之意，故“廓落带”指宽松的衣带。文章针对曹丕讨还廓落带时的一句玩笑语“物因人为贵”，“小题大做”，写成一篇文章来：

> 桢闻荆山之璞，曜元后之宝；随侯之珠，烛众士之好；南垠之金，登窈窕之首；鼲貂之尾，缀侍臣之帻。此四宝者，伏朽石之下，潜汙泥之中，而扬光千载之上，发彩畴昔之外，亦皆未能初自接于至尊也。夫尊者所服，卑者所修也；贵者所御，贱者所先也。故夏屋初成而大匠先立其下，嘉禾始熟而农夫先尝其粒。恨桢所带，无他妙饰，若实殊异，尚可纳也。

文章以荆山之璞可以用来做传国玉玺、随侯之珠成为众人争相把玩的宝贝、南垠之金成为窈窕美女头上佩戴的饰品、灰鼠尾巴上的皮毛成为皇帝侍从头巾上的装饰品等为例说明，荆山之璞、随侯之珠、南垠之金、鼲貂之尾均“出身低下”却取得了非常尊贵的地位。在此基础上，他引申出一个严肃的主题，“尊者所服，卑者所修也；贵者所御，贱者所先也”，表现出气势凛然的傲岸性格，“辞旨巧妙皆如是，由是特为诸公子所亲爱”（《典略》）。

4　章表殊健的陈琳

陈琳

陈琳（？～217）字孔璋，广陵射阳（今江苏省宝应县）人。陈琳少年勤学好读，博闻强识，为州里才俊之士。中平六年（189），陈琳任大将军何进的主簿。何进为诛宦官而召四方边将入京城洛阳，陈琳曾加以谏阻，但何进不纳，终于事败被杀。董卓肆虐洛阳，陈琳避难至冀州，入袁绍幕，负责军中文书工作。建安五年（200），曹操在官渡之战中击败袁绍。次年，袁绍病死，陈琳入其子袁尚幕府。建安九年（204），曹操打败袁尚，袁尚逃往辽西，陈琳归降曹操，被任命为司空军谋祭酒，专门负责军国文书的草拟。此后，陈琳随曹操北征乌桓、南征刘表、西征张鲁与马超等，撰写了大量的军国文书。建安二十二年（217），中原瘟疫流行，陈琳不幸染瘟疫去世。

关于陈琳的创作，曹植曾云，“（陈琳）不闲于辞赋”（《与杨德祖书》），即陈琳不擅长于辞赋创作。现在看来，陈琳诗、文、赋皆能，尤以章、表、书、记类应用文体为佳。

陈琳诗歌今存《饮马长城窟行》《游览二首》《宴会》四

首，另有《失题诗》五则，尤以《饮马长城窟行》《游览二首》最为著名。《饮马长城窟行》属乐府古题，反映徭役给人们带来的沉重灾难。

> 饮马长城窟，水寒伤马骨。往谓长城吏："慎莫稽留太原卒！""官作自有程，举筑谐汝声！"男儿宁当格斗死，何能怫郁筑长城？长城何连连，连连三千里。边城多健少，内舍多寡妇。作书与内舍："便嫁莫留住。善侍新姑章，时时念我故夫子。"报书往边地："君今出语一何鄙！""身在祸难中，何为稽留他家子？生男慎莫举，生女哺用脯。君独不见长城下，死人骸骨相撑拄。""结发行事君，慊慊心意关。明知边地苦，贱妾何能久自全。"

诗歌采用乐府民歌常用的对话形式，通过长城吏与役卒、役卒与妻子的对话，把汉末徭役繁重、家人不得团聚的事实呈现在读者面前。全诗以对话为主，描写为辅，且对话、描写、叙事衔接自然，无凑合的痕迹。诗歌格调苍凉悲壮，语言质朴自然，句式五、七相间，参差灵活，特别是人物语言最富特色。丈夫跟长城吏对话刚毅、愤慨，而对妻子是那么恩爱难断却不得不断的寄语。这些都表现了丈夫感情的复杂性、性格的丰富性。妻子那一番委婉缠绵而又斩钉截铁的话语，则写出了她纯洁坚贞的深情。长城吏的两句话，也勾画出其可憎的面目。陈琳其余诗篇均为五言诗，尤以《游览二首》为佳。

> 高会时不娱，羁客难为心。殷怀从中发，悲感激清音。投觞罢欢坐，逍遥步长林。萧萧山谷风，黯黯天路阴。惆怅忘旋反，歔欷涕沾襟。
>
> 节运时气舒，秋风凉且清。闲居心不娱，驾言从友生。翱翔戏长流，逍遥登高城。东望看畴野，回顾览园庭。嘉木凋绿叶，芳草纤红荣。骋哉日月逝，年命将西倾。建功不及时，钟鼎何所铭？收念还房寝，慷慨咏坟经。庶几及君在，立德垂功名。

此二首诗从不同层面反映了陈琳的内心世界。无论宴会或出游，还是优美的景色，都不能带给诗人愉悦的心情，只有满脸的泪水。第一首作者以“羁客”的身份抒发常年追随权门而功业未就的感伤之情，“萧萧山谷风，黯黯天路阴”的阴暗湿冷的天气描写，将这种理想与现实的反差所造成的悲哀推向顶峰。第二首抒写年事已高，仍不忘“建功不及时，钟鼎何所铭？收念还房寝，慷慨咏坟经。庶几及君在，立德垂功名”的雄心壮志。此二首诗情调激昂，慷慨悲凉，具有建安时代的文学共性。《游览二首》语言上采用整齐的五言句式，此外《宴会》《失题诗》五则也是五言诗，反映出五言诗逐渐成为建安文学创作的主流。

陈琳的赋今存12篇，多为残篇，绝大多数为应命酬唱之作，如《止欲赋》《鹦鹉赋》《迷迭赋》《马脑勒赋》《车渠椀赋》《柳赋》《大暑赋》等。这些作品描写极为细腻，如“土润溽以歊烝，时溽溷以溷浊。温风郁其彤彤，譬炎火之烛烛”

（《大暑赋》）描写夏天之炎热，“伟姿逸态，英艳妙奇。绿条缥叶，杂遝纤丽。龙鳞凤翼，绮错交施。蔚昙昙其杳蔼，象翠盖之葳蕤”（《柳赋》）柳树之风姿，无不神态逼肖，深得其妙；同时也有抒发人生感慨之情的，如“忽日月之徐迈，庶枯杨之生稊”（《止欲赋》）抒发人生苦短之情，“初伤勿用，俟庆云兮。遭时显价，冠世珍兮。君子穷达，亦时然兮”（《马脑勒赋》）抒发诗人对人生穷达的感慨等。《武军赋》和《神武赋》是记述其军旅生涯的作品，《武军赋》作于建安四年（199）征讨公孙瓒的途中，《神武赋》作于建安十二年（207）讨伐乌桓的过程中，二赋写得极为壮丽，如“犹猛虎之驱群羊，冲风之飞枯叶”（《武军赋》）公孙瓒军势威猛，颇受后人称道，像葛洪所言：“等称征伐，而《出车》、《六月》之作，何如陈琳《武军》之状乎？”（《抱朴子》）。此外，还有一些抒写情志的作品，如《神女赋》《大荒赋》《悼龟赋》等，尤以《大荒赋》最为著名。《大荒赋》仅存残句 432 句，约为全篇的 1/7，后人推测全篇字数约达 3000 余字。《大荒赋》通过对大荒山的描述，抒发了作者孤高傲世、悯时伤民的情怀。该赋篇幅宏大，辞藻华丽，用韵奇特，引起后人无尽的兴趣，陆机就曾感叹“陈琳《大荒》甚极，自云作必过之，想终能自果耳……既自难工，又是大赋，恐交自困绝异”（《与兄平原书》）。

陈琳散文今存 10 余篇，尤以章、表、书、记类应用文成就最高。曹丕曾云：“（陈）琳、（阮）瑀之章表书记，今之俊也”（《典论·论文》），认为陈琳、阮瑀的章、表、书、记是

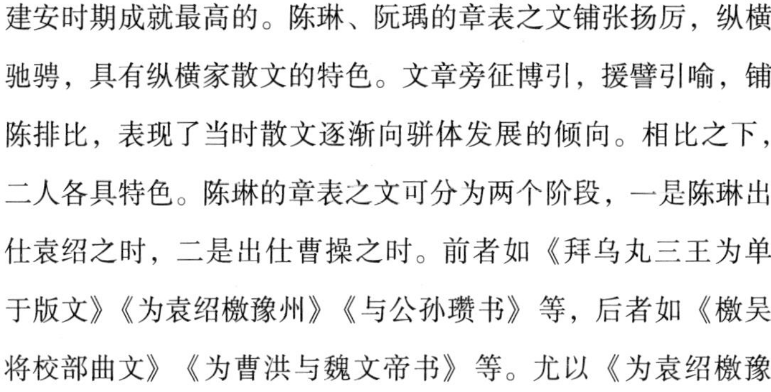

建安时期成就最高的。陈琳、阮瑀的章表之文铺张扬厉，纵横驰骋，具有纵横家散文的特色。文章旁征博引，援譬引喻，铺陈排比，表现了当时散文逐渐向骈体发展的倾向。相比之下，二人各具特色。陈琳的章表之文可分为两个阶段，一是陈琳出仕袁绍之时，二是出仕曹操之时。前者如《拜乌丸三王为单于版文》《为袁绍檄豫州》《与公孙瓒书》等，后者如《檄吴将校部曲文》《为曹洪与魏文帝书》等。尤以《为袁绍檄豫州》和《檄吴将校部曲文》最为有名。

《为袁绍檄豫州》写于建安五年（200），是陈琳为袁绍讨伐曹操而作的檄文。全文有意渲染袁绍之功，扩大其影响，说明其出师诛曹之有据，如“幕府董统鹰扬，扫除凶逆。续遇董卓侵官暴国，于是提剑挥鼓，发命东夏，收罗英雄，弃瑕取用”，号令群雄讨伐董卓；“銮驾返旆，群虏寇攻。时冀州方有北鄙之警，匪遑离局，故使从事中郎徐勋就发遣操，使缮修郊庙，翊卫幼主”，派曹操迎立汉献帝；“北征公孙瓒，强寇桀逆，拒围一年。操因其未破，阴交书命，外助王师，内相掩袭，故引兵造河，方舟北济。会其行人发露，瓒亦枭夷，故使锋芒挫缩，厥图不果”，征讨公孙瓒等，把袁绍写成代天锄奸的英雄霸主。文章诋毁曹操，指责他是祸国殃民的奸诈小人，有意削弱其影响。“祖父中常侍腾，与左悺、徐璜并作妖孽，饕餮放横，伤化虐民。父嵩，乞匄携养，因赃假位，舆金辇璧，输货权门，窃盗鼎司，倾覆重器”，从其祖孙三代说起，祖上都是偷窥国鼎的奸佞，曹操尤为甚。“操遂承资跋扈，肆行凶忒，割剥元元，残贤害善”，残害忠良；“身处三公之位，而行桀虏之态，汙国虐民，毒施人鬼。加其细政苛惨，科防互设，罾缴充蹊，坑阱塞路，举手挂网罗，动足触机陷，是以兖、豫有无聊之民，帝都有吁嗟之怨。历观载籍，无道之臣贪残酷烈，于操为甚”，贪残酷烈，掠夺百姓，无恶不作，为历代奸臣之最。最后作者号召天下群雄，以袁绍马首是瞻，共同讨伐曹操。文章华辞丽采、铺陈排比，如江河咆哮、骏马奔腾，有一股不可阻挡的气势和震慑人心的威力，颇有说服力及纵横家的作风。据《三国志》引《典略》所载，“太祖先苦头风，是日疾发，卧读琳所作，翕然而起曰：‘此愈我病’”，可见此文之威慑力。刘勰评此云：“陈琳之檄豫州，壮有骨鲠”（《文心雕龙·檄移》），较为公允地说明了陈琳此文气势雄壮、文笔劲健的特色。

《檄吴将校部曲文》与《为袁绍檄豫州》的风格相类似，其作者略有争议，在没有确凿证据的情况下，在此以系于陈琳名下为妥。此文是建安二十一年（216）曹操征讨孙权，陈琳草拟的一份劝孙权投降的檄文。首先，文章指出，单凭地形险峻抗衡中原是虚妄的，“若使水而可恃，则洞庭无三苗之墟，子阳无荆门之败，朝鲜之垒不刊，南越之旍不拔”。其次，以夫差承阖闾、吴王刘濞与中原争雄而失败的事例说明，孙权犹如“瞉卵”“鬵镬之鱼”一般，“天威不可当，而悖逆之罪重也”的道理。再次，文章选取了建安十三年（208）曹操统一北方、建安十六年（211）征伐马超与韩遂的叛乱、建安二十年（215）西征张鲁这三个片段，意在说明一切与朝廷对抗的割据势力，终将难逃被剿灭的命运。而朝廷对待反叛势力也有不同的态度，对一味叛逆不义者坚决讨伐，对降服归顺者，则宽仁待之。全文通过歌颂圣朝的天威，声讨孙权的罪行，使吴将校部曲、孙权宗族亲属及朝廷内外官员，认清形势，临难知变，不处凶危，弃权归汉，转祸为福。辞采华丽，音韵铿锵，对仗工整，气势宏大，具有很强的政治鼓动性，确实体现了檄文“震雷始于曜电，出师先乎威声”（《文心雕龙·檄移》），即战前的号角威声的作用。

曹丕评论陈琳章表之文时说：“孔璋章表殊健，微为繁富”（《与吴质书》），即陈琳章表之文特别强劲健壮，颇有骨力气势，美中不足的是稍微繁富了些。

5 书记翩翩的阮瑀

阮瑀（？～212），字元瑜，陈留郡尉氏县（今河南开封）人。阮氏为陈留尉氏县大姓，以儒学彪炳乡里。阮瑀祖上无考，其子阮籍，其孙阮咸都是著名的文学家。阮瑀少有才华，应机捷丽，跟随同郡蔡邕学习。蔡邕去世后，阮瑀隐居继续读书，文章写得十分精练，闻名于当时。相传曹操闻听阮瑀有才，为搜罗人才，召他做官，阮瑀不应，后曹操又多次派人召见，匆忙中阮瑀逃进深山，曹操不甘心，命人放火烧

阮瑀

山，这才逼出阮瑀，勉强应召。由于阮瑀多次辞官不做，曹操在一次大宴宾客时，把他安排在乐队之中，想煞一下他的傲气，不想阮瑀精通音律，即兴抚弦而歌：“奕奕天门开，大魏应期运”，歌曲内容一方面歌颂了曹操的事业，另一方面也表达了自己愿为曹操效忠的思想。曹操听完，大为高兴，请他做司空军谋祭酒。此后，阮瑀追随曹操北征乌桓、西征马超等，撰写了大量的军国文书。建安十七年（212）冬，阮瑀不幸染病去世。阮瑀是“建安七子”中较早谢世的文人，他的去世，引起曹丕、曹植、王粲等人的巨大哀痛，纷纷撰文以哀悼，如王粲《阮元瑜诔》云：“既登宰朝，充我秘府。允司文章，爰及军旅。庶绩惟殷，简书如雨。强力敏成，事至则举”，表达了深深的哀悼之情。

刘勰曾云：“琳瑀章表，有誉当时”（《文心雕龙·章表》），则阮瑀与陈琳一样擅长章表之文，其他题材虽有创作，但成就不高。

阮瑀的诗今存12首，诗歌慷慨高歌，充满着积极进取的精神，以及功业难成的悲哀之情。生逢乱世的阮瑀，在随曹操征战的过程中，目睹曹军节节胜利，遂生建功立业的豪情壮志。在《咏史诗二首》中，他通过讴歌“忠臣不违命，随躯就死亡”的秦国三良、“图擢尽匕首，长驱西入秦”的荆轲，表达了自己从军建功，报答曹操知遇之恩的豪情。然多年军旅生活，寸功未建，阮瑀不免心生感伤之情，如“我行自凛秋，季冬乃来归。置酒高堂上，友朋集光辉。念当复离别，涉路险且夷。思虑益惆怅，泪下沾裳衣”（《杂诗》），面对美酒佳肴，没有丝毫欢愉之情，反生仕途坎坷之悲伤；“白发随栉坠，未寒思厚衣。四支易懈惓，行步益疏迟。常恐时岁尽，魂魄忽高飞。自知百年后，堂上生旅葵”（《失题诗》），头发花白，功业未遂，心生凄怆之感；“丁年难再遇，富贵不重来。良时忽一过，身体为土灰。冥冥九泉室，漫漫长夜台”（《七哀诗》其一），年华易逝，青春不再，功业无成之伤感等笼罩着诗人。阮瑀诗最受后人称道的是《驾出北郭门行》：

驾出北郭门，马樊不肯驰。下车步踟蹰，仰折枯杨枝。顾闻丘林中，嗷嗷有悲啼。借问啼者出：“何为乃如斯。”“亲母舍我殁，后母憎孤儿。饥寒无衣食，举动鞭捶施。骨消肌肉尽，体若枯树皮。藏我空室中，父还不能知。上塚察故处，存亡永别离。亲母何可见，泪下声正嘶。弃我于此间，穷厄岂有赀。”传告后代人，以此为明规。

诗歌采用对话体的形式，反映后母虐待前妻遗子这一悲惨的社会现象。诗人将场景选在墓地，描述孤儿哭诉遭受虐待的情形，其景凄惨，其情凄切，使人悲不自禁，抨击了后母的狭隘与狠毒，引发人们无尽的思考。这首诗语言质朴，感情倾向鲜明，与作者其他的诗歌风格很不相同，明显受到汉乐府民歌的影响。所以，清代人陈祚明称赞该诗“质直悲酸，犹近汉调”（《采菽堂古诗选》）。总之，阮瑀的诗语言较质朴自然，明白晓畅，叙事抒怀，均显得情调悲凉低沉，已有正始之音的某些特点。钟嵘评阮瑀诗歌为“平典不失古体”（《诗品》），平板质实，却不失汉乐府创作的精神，确如此评。

阮瑀的赋今仅存4篇。《纪征赋》写于建安十三年（208）曹操征伐刘琮的途中，“仰天民之高衢兮，慕在昔之遐轨。希笃圣之崇纲兮，惟弘哲而为纪。同天工而人代兮，匪贤智其能使。五材陈而并序，静乱由乎干戈。惟蛮荆之作雠，将治兵而济河。遂临河而就济，瞻禹绩之茫茫。距疆泽以潜流，经昆仑之高冈。目幽蒙以广衍，遂霑濡而难量”，讴歌曹操安定天下的壮举，以及曹军势如破竹的豪情，充满了积极乐观的情调。《止欲赋》是一篇抒情小赋，开篇写女子的美貌，继而抒己之忧情：“予情悦其美丽，无须臾而有忘。思《桃夭》之所宜，原《无衣》之同裳。怀纡结而不畅兮，魂一夕而九翔。出房户以踯躅，睹天汉之无津。伤匏瓜之无偶，悲织女之独勤。还伏枕以求寐，庶通梦而交神。神惚怳而难遇，思交错以缤纷。遂终夜而靡见，东方旭以既晨，知所思之不得，乃抑情以自信”。很明显，使诗人“魂一夕而九翔”的美女不是别人，而是贤明的国君。诗人希望在贤君的领导下，大家同仇敌忾，安定天下，不再使征人、思妇永难团聚。为了这一愿望，诗人辗转难眠，潸然泪下。《筝赋》和《鹦鹉赋》是两篇咏物赋，《筝赋》咏筝，《鹦鹉赋》咏鹦鹉。《筝赋》开篇写了古筝音乐之美妙，弹筝之神奇，紧接着却写道：“平调定均，不疾不徐，迟速合度，君子之衢也。慷慨磊落，卓砾盘纡，壮士之节也。曲高和寡，妙妓虽工，伯牙能琴，于兹为朦。皦怿翕纯，庶配其踪。延年新声，岂此能同？陈惠、李文，曷能是逢”。

以筝喻己，抒写了自己坚贞刚正的情操，是建安咏物赋中难得的上乘之作。总之，阮瑀的赋篇幅短小，工于对仗，音韵和谐，善于用典，抒情性较强，体现了抒情小赋的进一步发展。

阮瑀的散文今存5篇。《吊伯夷文》是凭吊伯夷而作，"余以王事，适彼洛师，瞻望首阳，敬吊伯夷，东海让国，西山食薇，重德轻身，隐景潜晖。求仁得仁，报之仲尼，没而不朽，身沈名飞"。文章高度赞扬了伯夷"东海让国，西山食薇"的高洁人格，并服膺于其仁德，表达了作者对隐逸生活的向往之情。《文质论》是一篇文学批评著作，阮瑀一反先秦儒家"文质彬彬"的观点，主张"文虚质实"："文虚质实，远疏近密，援之斯至，动之应疾，两仪通数，固无攸失"。这一观点，适应建安时期的社会现实，有一定的积极意义。其余《谢太祖牋》、《为曹公作书与孙权》和《为魏武与刘备书》三篇散文为章表之文。

阮瑀的章表之文最为后人称道，也代表了阮瑀文学的最高成就。据《三国志》引《典略》云："太祖尝使（阮）瑀作书与韩遂，时太祖适近出，瑀随从，因于马上具草，书成呈之。太祖揽笔欲有所定，而竟不能增损。琳徙门下督，瑀为仓曹掾属"，此足以说明阮瑀文思敏捷，其文章艺术水准之高。阮瑀的章表之文，今仅存《谢太祖牋》、《为曹公作书与孙权》和《为魏武与刘备书》三篇。其中，《谢太祖牋》与《为魏武与刘备书》仅存残句，《为曹公作书与孙权》代表阮瑀章表之文的最高成就。《为曹公作书与孙权》作于建安十六年（211），是曹操在赤壁之战失败后，授意阮瑀写给孙权的一份既拉拢又恐吓的书信。文章以“离绝以来，于今三年，无一日而忘前好，亦犹姻媾之义，恩情已深，违异之恨，中间尚浅也。孤怀此心，君岂同哉”开头，以老朋友叙家常的口吻，申述曹操与孙权之间犹如老朋友般的友谊。下文继以“孤与将军，恩如骨肉”“常思除弃小事，更申前好，二族俱荣，流祚后嗣，以明雅素”“愿仁君及孤，虚心回意，以应诗人补衮之叹，而慎《周易》牵复之义”拉拢孙权，言二人情同朋友，恩如骨肉，愿舍弃前嫌，重归于好，一荣俱荣，一损俱损。文中还将曹、孙之间的嫌隙归结于“佞人所构会”“刘备相扇扬”；将赤壁之战失败的原因归咎为“遭离疫气，烧船自还，以避恶地，非周瑜水军所能抑挫也”，极力为孙权开脱，表现出曹操为修前好的大度与决心。同时文中又不忘恐吓孙权，以“若恃水战，临江塞要，欲令王师终不得渡，亦未必也。夫水战千里，情巧万端，越为三军，吴曾不御，汉潜夏阳，魏豹不意，江河虽广，其长难卫也”说明长江天险不可恃，以“往年在谯，新造舟船，取足自载，以至九江，贵欲观湖漅之形，定江滨之民耳”言明曹操早有荡平江东之志，以“孤之薄德，位高任重，幸蒙国朝将泰之运，荡平天下，怀集异类，喜得全功，长享其福……以君之明，观孤术数，量君所据，相计土地，岂势少力乏，不能远举，割江之表，宴安而已哉？甚未然也”表明曹操在军事上战无不胜，战胜孙权如探囊取物。文章最后说明曹操的战略，“若能内取子布，外击刘备，以效赤心，用复前好，则江表之任，长以相付，高位重爵，坦然可观。上令圣朝无东顾之劳，下令百姓保安全之福，君享其荣，孤受其利，岂不快哉?”曹、孙联合，共同对付刘备与张昭(子布)，承诺孙权永享江东统治权，并可取得高位重爵，保护一方百姓安全。文章征引事实，引喻取类，把曹操对孙权的威逼利诱之意表现得淋漓尽致。而且文笔刚柔相济，洋洋洒洒，错落有致。若将此文与陈琳《为袁绍檄豫州》相比较，就会发现陈琳与阮瑀均擅长于章、表之文，但风格各异。陈琳文感情强烈，笔力雄健，词采飞扬；阮瑀文情致绵密，文质并茂，文笔流畅，虽也旁征博引、铺陈排比，但相较于陈琳来说显得朴实得多。曹丕称“元瑜书记翩翩”(《与吴质书》)，深得其妙。

6　壮美舒缓的徐幹

徐幹（170～217），字伟长，北海郡剧县（今山东省寿光市）人。徐幹出生于世代高洁的读书世家，受这种家风的影响，自小便埋头苦读，熟读五经，博览传记，14 岁就可写出优美的文章。中平元年(184)，黄巾起义爆发，年仅 15 岁的徐幹仍在故乡读书，没有受到太大的冲击。中平五年(188)，19 岁的徐幹首次入京

徐幹

谋求仕途，感受了灵帝驾崩、何进遇害、董卓专权、结党营私等触目惊心的事件，于是返回故乡，继续读书。徐幹在故乡隐居读书的时间达十余年之久，在这漫长的日子里，除了读书外，他完成了《中论》的写作。建安十一年（206），徐幹初仕曹操，官司空军谋祭酒掾属。建安十三年（208），徐幹迁丞相军谋祭酒掾属。此后，徐幹随曹操，参加了东征孙权、西征马超的战争。建安十七年（212），徐幹任曹丕的五官中郎将文学。建安十九年（214），徐幹任曹植的临淄侯文学。但徐幹再次动了归隐的念头，以疾病为由辞去官职回到家乡。曹植为即将失去一位文学上的知己而感到恋恋不舍，赋诗《赠徐幹》，表达他对徐幹离去的惋惜之情。徐幹作《七喻》相赠，婉言谢绝。后来曹操曾征召他做自己丞相府的幕僚，又召他做上艾县令，徐幹都以身体有病为由谢绝了。建安二十二年（217），中原瘟疫流行，徐幹死于此次瘟疫，享年48岁。

徐幹自叙其创作时说："废诗、赋、铭、赞之文，著《中论》之书二十篇"（《中论·序》）。由此看来，徐幹最中意的著作是他的《中论》。但在今天看来，《中论》是一部"阐弘大义，敷散道德，上求圣人之中，下救流俗之昏"（《中论·序》）的儒家学术作品，其文学性并不强。相较之下，徐幹的诗、赋虽数量很少，却取得了非常高的成就。

徐幹诗今存4首，其中《为挽舡士与新娶妻别》作者两属（《艺文类聚》署名徐幹，《玉台新咏》署名曹丕），《答刘桢诗》文采不足，《室思》与《情诗》取得了非常高的艺术成就。《室思》是一组代言体的诗，写的是妻子对离家丈夫的思念。全诗共六章，采用多种艺术手法，从不同的层面渲染相思之苦。诗中有“沉阴结愁忧，愁忧为谁兴”“峩峩高山首，悠悠万里道”“浮云何洋洋，愿因通我辞”“惨惨时节尽，兰华凋复零”“思君见巾栉，以益我劳勤”的景物衬托，有“不聊忧飧食”“端坐而无为”“展转不能寐”“蹑履起出户”“搔首立悁悁”等失常的行为描写，有“良会未有期，中心摧且伤”“君去日已远，郁结令人老”“思君如流水，何有穷已时”“喟然长叹息，君期慰我情”“人靡不有初，想君能终之”“寄身虽在远，岂忘君须臾”的心理刻画，缠绵悱恻，把女主人公焦虑忧愁、彷徨徘徊、期盼祝福的心态淋漓尽致地表现出来。其中，第三章最受后人称道：

浮云何洋洋，愿因通吾辞。飘飖不可寄，徙倚徒相思。人离皆复会，君独无还期。自君之出矣，明镜暗不治。思君如流水，何有穷已时。

离别之后的苦苦相思，使女主人公忽生幻觉，希望浮云能够捎去她对丈夫的相思。可浮云瞬息万变、缥缈幻化，又怎能叫人放心寄语呢！留下的只有无尽的相思之情。为了表达她对丈夫爱情的忠贞，女主人公自言自语地说：“自你离家之后，我从不梳妆，那明亮的镜子虽然满是灰尘，也无心去擦拭它。这情这景，怎能不叫人悲伤呢?”她对丈夫的相思如流水一般，难以断绝。这首诗清新自然，正如钟嵘所说：“吟咏性情，亦何贵于用事？‘思君如流水’，既是即目；‘高台多悲风’，亦惟所见……观古今胜语，多非补假，皆由直寻”（《诗品》）。朱弁也说过：“诗人胜语，感得于自然，非资博古。若‘思君如流水’……之类，皆一时所见，发于言词，不必出于经史……拘挛补缀而露斧凿痕迹者，不可与论自然之妙也”（《风月堂诗话》）。这些都是在称赞它的不假雕饰的自然之美。《室思》长达六章，很好地体现了徐幹舒缓的诗风，正如曹丕所言“徐幹时有齐气”（《典论·论文》）。《情诗》与《室思》风格相类。

曹丕对徐幹赋给予很高的评价：“王粲长于辞赋，徐幹时有齐气，然粲之匹也。如粲之《初征》、《登楼》、《槐赋》、《征思》，幹之《玄猿》、《漏卮》、《圆扇》、《橘赋》，虽张、蔡不过也”（《典论·论文》）。曹丕认为徐幹赋可以和建安时期辞赋名家王粲相媲美，并说其艺术成就超过了张衡、蔡邕的赋。曹丕提到的徐幹四赋，除《圆扇》仅存四句外，其余已不可知。徐幹赋今存8篇，多残篇。徐幹的赋多与其军旅生活有关。《齐都赋》作于建安十二年（207）随曹操北征乌桓之后；《序征赋》作于建安十三年（208）随曹操南征刘表之时；《西征赋》作于建安十六年（211）随曹操西征马超之时；《从征赋》今存两句，也作于军旅生涯之中。这些作品篇幅宏大，文辞华丽，铺叙夸饰，是汉大赋的遗风，既具有雄健之美感又富有文采，确如刘勰所评“伟长博通，时逢壮采”（《文心雕龙·诠赋》）。《团扇赋》与《车渠椀赋》是两篇咏物赋，仅留残句。《哀别赋》亦仅存残句。纵观徐幹的赋，均充满了浓郁的抒情色彩。如“庶区宇之今定，入告成乎后皇。登明堂而饮至，铭功烈乎帝裳”（《西征赋》）表达了作者对曹操军事胜利、统一西部的由衷赞美之情；“秣余马以俟济兮，心儃恨而内尽。仰深沉之晻蔼，重增悲以伤情”（《哀别赋》）表达了作者悲戚的依依惜别之情等。

徐幹的散文今仅存《四孤祭议》和《七喻》两篇，均为残篇，影响最大的当属其政治散文《中论》。曹丕曾云：“观古今文人，类不护细行，鲜能以名节自立。而伟长独怀文抱质，恬淡寡欲，有箕山之志，可谓彬彬君子者矣。著《中论》二十余篇，成一家之言，辞义典雅，足传于后，此子为不朽矣。”《又与吴质书》“箕山之志”指隐居，言《中论》是徐幹隐居家乡时所作。《中论》的篇数，徐幹自序为“二十篇”，今存本分上、下两卷，上卷十篇，多论述处事原则和品德修养；下卷十篇，大都论述君臣关系和政治机微，其思想倾向“大都阐发义理，原本经训，而归之于圣贤之道”（《四库全书总目提要》），然也杂有道家、法家的思想。《中论》辞旨邈远，较少直接指斥现实的内容，而语言平实，论证详密，在建安时代自成一家之言，是唯一一部完整的、值得重视的政论专著。

7　和而不壮的应玚

应玚（？～217），字德琏，汝南郡南顿（今河南省项城市）人。汝南应氏是东汉名门望族，应玚祖父应奉、伯父应劭都是著名的儒者。在汉末动乱中，应玚自小便跟随父亲四处奔波，饱受流离漂泊之苦。董卓专权之时，应玚自洛阳迁徙长

应玚

安，既而避难荆州。不久，他随父进入邺城，二人同被曹操任命为司空掾。此后，应玚追随曹操征战四方：建安十三年（208），东征荆州，参加了赤壁之战；建安十六年（211），西征马超；建安十七年（212），东征孙权。虽然应玚仅是一介书生，不可能上阵杀敌，但这些经历丰富了他自身的阅历，为其文学创作提供了可贵的素材。建安十六年（211），曹植被封为平原侯，应玚被任命为平原侯庶子，不久，又被任命为曹丕的五官中郎将文学。建安二十二年（217），中原一带发生瘟疫，应玚染病身亡。

《三国志》传称应玚“咸著文赋数十篇”，则其作品本来就不多，今流传下来的更少，计有诗歌6首，赋15篇，文章16篇。对于应玚文学的成就，曹丕用“和而不壮”（《典论·论文》）予以评价。“和”是指其文风宛转低回，中正平和；“不壮”是指其作品中大多描写其个人的遭遇，很少表现时代的呼声。换句话说，应玚文学偏于柔软，缺乏刚直慷慨之气，这大概就是他在中国文学史上不太受学人关注的原因吧。

应玚诗歌今存6首，有3首属应酬之作，有3首为离别相思之作。应酬诗作中，有“开馆延群士，置酒于新堂。辩论释郁结，援笔兴文章。穆穆众君子，好合同欢康”（《公宴诗》）的文人雅集赋诗宴饮之作，也有“从朝至日夕，胜负尚未分。专场驱众敌，刚捷逸等群。四坐同休赞，宾主怀悦欣”（《斗鸡诗》）的观看斗鸡表演的作品。这些都是应玚在邺城随曹氏父子的欢宴之作。在离别相思之作中，有对妻子赵淑丽“嗟我怀矣，感物伤心”（《报赵淑丽》）的悲伤之情，也有与友人分别时“临河累太息，五内怀伤忧”（《别诗二首》之二）的悲戚之情。这些作品虽抒写别离之痛，但似乎情绪并不怎么悲伤，有一种中正平和之气。应玚诗歌艺术成就最高的当属《侍五官中郎将建章台集诗》：

> 朝雁鸣云中，音响一何哀。问子游何乡？戢翼正徘徊。言我塞门来，将就衡阳栖。往春翔北土，今冬客南淮。远行蒙霜雪，毛羽日摧颓。常恐伤肌骨，身陨沉黄泥。简珠堕沙石，何能中自谐？欲因云雨会，濯翼陵高梯。良遇不可值，伸眉路何阶？公子敬爱客，乐饮不知疲。和颜既以畅，乃肯顾细微。赠诗见存慰，小子非所宜。为且极欢情，不醉其无归。凡百敬尔位，以副饥渴怀。

曹丕在建安十六年（211）被任命为五官中郎将兼副丞相，置官属，建安二十二年（217）被立为魏王世子。这首诗就作于此段时间，应玚时任五官中郎将文学。全诗 28 句，最精彩的是前 16 句。诗歌采用与雁问答的方式，以雁喻己，抒写自身流离失所，四处漂泊，却励身励行，百折不挠，欲因风云际会青云直上的豪情壮志。情调悲切，却难以抹杀诗人胸中的凌厉之气，故受到后人的赞誉。张玉谷云：“《公宴》诗篇开应酬，收罗何事广萧楼，德琏别有超群笔，一雁云中独唳秋。”（《古诗赏析》）沈德潜曰：“篇中代雁为词，音调悲切，异于众作，存此以备一格。”（《古诗源》）陈祚明云：“德琏《侍集》一诗，吞吐低回，宛转深至，意将宣而复顿，情欲尽而众含。”（《采椒堂古诗选》）若就前16句而言，音调悲凉，凄楚动人，但后12句宴饮之情的描绘，冲淡了前16句的悲戚之情，反而显得中正平和。

应玚的赋今存15篇，较为完整的有11篇，大致可分为行猎赋、情志赋和咏物赋三类。行猎赋是记述军旅生活，描写畋猎活动的赋作，如《撰征赋》是建安十年（205），应玚随曹操北征幽州之作；《西征赋》是建安十六年（211），应玚随曹操西征马超时所作；《西狩赋》《弛射赋》《校猎赋》是打猎生活的作品。这些作品语言华丽，气势雄壮，有汉大赋的遗风。如“奋皇佐之丰烈，将亲戎乎幽邻。飞龙旗以云曜，披广路而北巡。崇殿郁其嵯峨，华宇烂而舒光。摛云藻之雕饰，流辉采之浑黄”（《撰征赋》），军旗飞舞，宫殿壮丽华美，让人能深刻地感受到军队的威武雄壮及北征胜利的豪情。情志赋是应玚抒发自己情怀的作品，如《慜骥赋》以千里马自喻，表达了自己对施展才华、实现理想的渴望，以及身处艰难境地而得不到赏识重用的感慨；《愁霖赋》描写了在雷雨交加的夜晚，诗人心中极度忧愁的心理；《正情赋》表达了诗人对美女心生爱慕，但又得不到美女芳心的忧伤。这三篇作品都是用比兴的手法，含蓄隐晦地表达了怀才不遇的忧伤之情，有一种凄婉的情调，极具感伤的意味。应玚的咏物赋多咏身边之物，是建安文人同题酬唱的产物。如《车渠椀赋》咏椀，《迷迭赋》咏迷迭草，《鹦鹉赋》咏鹦鹉。《灵河赋》是较早的一篇咏黄河的作品，写的极富情致，如以“冲积石之重险兮，披山麓而溢浮”写黄河奔流之气势，以“蹶龙黄而南迈兮，纡鸿体而四流”述黄河之迂回曲折，以“涉津路之阪泉兮，播九道乎中州”言黄河分布之广远，以“汾鸿涌而腾骛”形容黄河之汹涌澎湃。这让人们领略了黄河的雄浑阔大之美，也感受到了黄河安静优美之貌。应玚的赋无论是哪一类题材，都写得婉转曲折，冲淡平和。即曹丕所言“和而不壮”。

应玚的散文今存6篇，其中3篇为残句，只有《报庞惠恭书》、《弈势》和《文质论》较为完整。《报庞惠恭书》是一篇情感诚挚且文辞犀利的绝交书，《弈势》说明对弈之中的各项策略和经验教训，《文质论》阐明“质者之不足，文者之有余”的文学观点。这些文章运用多种修辞手法，写得极富文采。如“朝隐之官，宾不往来，乔木之下，旷无休息，抱劳而已。足下剖符南面，振威千里，行人子羽，朝夕相继”（《报庞惠恭书》）表达自己淡泊名利，洁身自好，以及庞惠恭追名逐利，贪得无厌，两者前后对比，极为形象；如用“饰遁伪旋，卓轹軿列，羸师延敌，一乘虚绝，归不得合，两见擒灭，淮阴之谟，拔旗之势也”（《弈势》）写韩信的军事谋略等。这些文章多用四字句，喜好铺排与夸饰，体现了作者的才思和著述能力，所以曹丕说应玚“斐然有述作之意，其才学足以著书，美志不遂，良可痛惜”（《又与吴质书》）。

五　建安文学的集大成者
——曹植

1　政治上的落寞与文学上的辉煌

曹植（192～232），字子建，沛国谯（今安徽省亳州市）人，曹操第三子，生前曾为陈王，去世后谥号“思”，因此又被称为陈思王。

曹植自小聪慧，十多岁便能诵读《诗经》《论语》及辞赋等数十万言，还特别善于写文章。有一次，曹操看了他的文章，有点不相信，问他是否请人代作，曹植回答说：“言出为论，下笔成章，顾当面试，奈何请人?”正好邺城新建的铜雀台落成，曹操命儿子们以此为题，立就一篇赋。曹植援笔立成，使曹操对他的才学刮目相看，意欲立他为太子。从曹植14岁起，曹操每次出征都会把他带在身边。因此，曹植有机会参加远征乌桓、北征柳城、南征刘表、西征张鲁、会战赤壁等战争，其足迹“南极赤岸，东临沧海，西望玉门，北出玄塞”（《求自试表》）。曹植20岁被封平原侯，23岁改封临淄侯。建安二十二年（217）十月，曹操立曹丕为魏太子，标志着曹植在立嫡之争中彻底失败。建安二十五年（220），曹操病卒，曹丕登基，开始了对曹植的迫害。相传曹丕命曹植在七步内作成一首诗，否则要处死。结果曹植未走至七步，便吟诗道：“煮豆然豆萁，漉豉以为汁；萁在釜下然，豆在釜中泣。本是同根生，相煎何太急！”（《七步诗》），机智巧妙地劝谏曹丕看重兄弟之情。曹植在《迁都赋序》中描述他的处境时说：“余初封平原，转出临淄，中命鄄城，遂徙雍丘，改邑浚仪，而末将适于东阿。号则六易，居实三迁，连遇瘠土，衣食不继。”黄初三年（222），曹植被徙封安乡侯，同年又改封鄄城王。黄初七年（226），曹丕病逝，魏明帝曹叡继位。曹植曾多次慷慨激昂地上书，要求给予政治上的任用，但均未被采纳。太和六年（232），曹植被改封陈王，同年十一月在忧郁中病逝，享年41岁。

曹植

曹植一生渴望成为一位政治家，渴求建功立业。他在《与杨德祖书》中说：“吾虽薄德，位为藩侯，犹庶几戮力上国，流惠下民，建永世之业，流金石之功，岂徒以翰墨为勋绩，辞赋为君子哉！若吾志未果，吾道不行，则将采庶官之实录，辩时俗之得失，定仁义之衷，成一家之言，虽未能藏之于名山，将以传之于同好；非要之皓首，岂今日之论乎！”文章表达了他为国建功的理想，若此理想未能实现，方才考虑从事著述。因此，在曹植的观念中，政治第一，文学第二。然而令人惋惜的是，曹植一生在政治上没有任何建树。曹操活着的时候，曹植由得宠而失宠，政治上没有作为。曹丕与曹叡在位时的20年，曹植颇受猜忌与压制，政治上没有出头之日，长期处于煎熬与抑郁之中。

政治上的不得志，促使曹植将大量的精力投注在文学上，写出了许多优秀的文学作品。《三国志》本传称其“著赋颂诗铭杂论凡百余篇”。曹植今存诗歌90余首，赋60余篇，散文120余篇，其文学成就颇高，在建安文坛首屈一指，被称之为“建安之杰”（钟嵘《诗品》）。

2 五言诗之冠冕

曹植的诗歌成就最高，得到后人的称赞。钟嵘《诗品》说：“陈思之于文章也，譬人伦之有周孔，鳞羽之有龙凤，音乐之有琴笙，女工之有黼黻。”谢灵运说：“天下才有一石，曹子建独占八斗，我得一斗，天下共分一斗。”（宋无名氏《释常谈》卷中引）张戒《岁寒堂诗话》说：“韩退之之文，曹子建、杜子美之诗，后世所以莫能及也。”清代的牟愿相在

《小瀞草堂杂论诗》中云："曹子建骨气奇高，词采华茂，左思得其气骨，陆机摹其词采。左一传而为鲍照，再传而为李白；陆一传而为大、小谢。"综合这些评价，我们可以看出，在古人的眼中，曹植不仅在建安诗坛具有很高的地位，而且影响了六朝诗歌的创作。

曹植的诗歌有四言和五言两种体式。其中，五言诗成就最高，四言诗亦值得关注。

曹植四言诗今存较完整的有 9 首，如果再加上以四言为主体的《孟冬篇》《当来日大难》，以及有争议的《善哉行》，共有 12 首。这些诗歌，有对曹魏政权的讴歌，如"皇树嘉德，风靡云披。有木连理，别干同枝。将承大同，应天之规"（《魏德论讴》）；有对曹丕的规劝，如"纣为昏乱，虐残忠正。周室何隆？一门三圣。牧野致功，天亦革命。汉祚之兴，秦阶之衰。虽有南面，王道陵夷。炎光再幽，忽灭无遗"（《丹霞蔽日行》）；有对自身理想的申述，"愿蒙矢石，建旗东岳，庶立毫厘，微功自赎。危躯授命，知足免戾，甘赴江湘，奋戈吴越。天启其衷，得会京畿。迟奉圣颜，如渴如饥。心之云慕，怆矣其悲！天高听卑，皇肯照微！"（《责躬》）；等等。这些诗歌写得典雅温润，充分体现了温柔敦厚、怨而不怒、哀而不伤的儒家诗教精神，语言整饬，情感温润，节奏鲜明，韵调和谐，较之《诗经》四言诗的艺术水平略有提高。

曹植五言诗以曹丕称帝为界，分为前后两个不同的时期。

曹植前期的诗歌可以分为描绘贵族游乐、时代精神和建功立业三类作品。曹植贵为帝胄，特别是在邺城时期，他与

“建安七子”一起游乐，于是就产生了诸如《斗鸡》《公宴》《侍太子坐》《赠丁翼》等斗鸡走马、驰骛宴饮的贵族游乐的诗篇，尤以《名都篇》著名。

> 名都多妖女，京洛出少年。宝剑直千金，被服丽且鲜。斗鸡东郊道，走马长楸间。驰骋未能半，双兔过我前。揽弓捷鸣镝，长驱上南山。左挽因右发，一纵两禽连。余巧未及展，仰手接飞鸢。观者咸称善，众工归我妍。我归宴平乐，美酒斗十千。脍鲤臇胎鰕，炮鳖炙熊蹯。鸣俦啸匹侣，列坐竟长筵。连翩击鞠壤，巧捷惟万端。白日西南驰，光景不可攀。云散还城邑，清晨复来还。

这是一首描写京洛少年斗鸡走马、射猎游戏、饮宴无度生活的诗篇，是曹植前期邺城生活的一个缩影。诗歌虽也涉及斗鸡、跑马、蹴踘、击壤等贵族生活，然将描绘的重点集中在射猎和饮宴两件事上。“驰骋未能半，双兔过我前。揽弓捷鸣镝，长驱上南山。左挽因右发，一纵两禽连。余巧未及展，仰手接飞鸢。观者咸称善，众工归我妍”十句铺叙少年射猎的娴熟本领，描写绘声绘色，如耳闻目见，一个傲然自得的翩翩少年形象跃然纸上。“我归宴平乐，美酒斗十千。脍鲤臇胎鰕，炮鳖炙熊蹯。鸣俦啸匹侣，列坐竟长筵”描绘了京都的宴饮生活，美酒佳肴，豪华奢侈，将贵族生活毫发无隐地呈现出来。曹植并没有一味沉醉于贵族的宴饮。

多年随曹操出征的经历，使他的笔触深入广大的社会生活，写出了众多反映建安时代精神的诗歌。如《送应氏二首》其一：

> 步登北邙阪，遥望洛阳山。洛阳何寂寞！宫室尽烧焚。垣墙皆顿擗，荆棘上参天。不见旧耆老，但睹新少年。侧足无行径，荒畴不复田。游子久不归，不识陌与阡。中野何萧条，千里无人烟。念我平生亲，气结不能言。

这首诗是曹植于建安十六年（211）随曹操西征马超，路过洛阳时送别应玚、应璩兄弟所作。诗人信步登上北邙山，看到洛阳一片萧条、凄凉的景象：垣墙崩裂，荆棘丛生，田园荒芜，道路长满苔藓，年迈者已亡，新生者年少，千里无人烟。寥寥数语，勾画出一幅惨不忍睹的大动乱后的社会图画，将千里平原一片荒凉的寂寞情景呈现在读者的面前，这就是建安时期社会生活的写照。悲惨的社会现实激起诗人的豪情，激发他树立建功立业的志向，于是就有了许多抒写其理想与抱负的诗篇，最著名的当属《白马篇》。

> 白马饰金羁，连翩西北驰。借问谁家子？幽并游侠儿。少小去乡邑，扬声沙漠垂。宿昔秉良弓，楛矢何参差。控弦破左的，右发摧月支。仰手接飞猱，俯身散马蹄。狡捷过猴猿，勇剽若豹螭。边城多警急，虏骑数迁

移。羽檄从北来，厉马登高堤。长驱蹈匈奴，左顾陵鲜卑。弃身锋刃端，性命安可怀！父母且不顾，何言子与妻！名在壮士籍，不得中顾私。捐躯赴国难，视死忽如归。

诗歌开篇写在边境紧急的情况下，一位骑术娴熟的游侠儿呼之而出。他从小就离开了家乡，名声在边塞传扬，敏捷灵巧，勇猛轻疾，武艺高超，驰骋沙场，英勇杀敌。更重要的是他有捐躯国难、视死如归的高尚品质。这首诗为我们塑造了一个武艺精熟的爱国壮士形象，歌颂了他的为国献身、视死如归的高尚精神，寄托了诗人为国建功立业的雄心壮志。清代朱乾说："此寓意于幽并游侠，实自况也"（《乐府正义》），即诗中的游侠儿实际上就是曹植的自我写照。

曹操去世、曹丕称帝，对曹植而言如同当头一棒。生活境遇变了，宠辱两重天。理想落空了，夺嫡已不可能，然建功立业之决心仍未曾改变，如《杂诗》其五。

仆夫早严驾，吾行将远游。远游欲何之？吴国为我仇。将骋万里途，东路安足由！江介多悲风，淮泗驰急流。愿欲一轻济，惜哉无方舟！闲居非吾志，甘心赴国忧。

由诗中"闲居非吾志"来看，本诗应作于曹植后期闲居之时。诗人已准备好戎驾，驰骋万里，攻打仇敌东吴。尽管"悲风”肆虐，波涛汹涌，仍然阻挡不住诗人前行的步伐。曹植心中唯一的想法是，消灭东吴，捐躯为国，替主分忧。曹植的拳拳之心不仅没有得到曹丕父子的嘉许，反而遭受猜忌，被严加看管。有时候，曹植以思妇、弃妇自喻，表明其心迹，如《美女篇》。

美女妖且闲，采桑歧路间。柔条纷冉冉，落叶何翩翩。攘袖见素手，皓腕约金环。头上金爵钗，腰佩翠琅玕。明珠交玉体，珊瑚间木难。罗衣何飘飘，轻裾随风还。顾盼遗光采，长啸气若兰。行徒用息驾，休者以忘餐。借问女何居，乃在城南端。青楼临大路，高门结重关。容华耀朝日，谁不希令颜。媒氏何所营，玉帛不时安。佳人慕高义，求贤良独难。众人徒嗷嗷，安知彼所观？盛年处房室，中夜起长叹。

诗歌描写了采桑女子的旖旎婀娜，优雅轻盈，娴静高贵。诗人用最美好的词来描写这位女子，然这样美貌的女子竟然无媒人来聘。这首诗用绝代美女比喻有理想、有抱负的志士，以美女不嫁比喻志士的怀才不遇，含蓄委婉，意味深长。其实美女所喻之志士就是曹植自己。所以清人王尧衡说：“子建求自试而不见用，如美女之不见售，故以为比。”（《古唐诗合解》）对于曹植的自我陈情，曹丕父子置若罔闻，不仅不怜惜，反而孤立他，大肆杀戮其身边的朋友，曹植对此痛心疾首，见《野田黄雀行》。

> 高树多悲风，海水扬其波。利剑不在掌，结友何须多！不见篱间雀，见鹞自投罗。罗家得雀喜，少年见雀悲。拔剑捎罗网，黄雀得飞飞。飞飞摩苍天，来下谢少年。

诗人突发奇想，想象出一位冲破罗网的少年侠士来拯救无辜者，寄寓诗人冲破羁绊、一试身手的热切愿望。如果说《野田黄雀行》显得含蓄委婉的话，那么“奈何念同生，一往形不归。孤魂翔故域，灵柩寄京师。存者忽复过，亡没身自衰。人生处一世，去若朝露晞”（《赠白马王彪》）则直接控诉曹丕荼毒手足兄弟的愤懑之情。长期的郁郁不得志，使曹植备受压抑，他幻想脱离尘世，在神仙世界中得以解脱，如“韩终与王乔，要我于天衢。万里不足步，轻举凌太虚。飞腾逾景云，高风吹我躯。回驾观紫微，与帝合灵符。阊阖正嵯峨，双阙万丈余。玉树扶道生，白虎夹门枢。驱风游四海，东过王母庐。俯观五岳间，人生如寄居”（《仙人篇》）。神仙世界如此之美好，带给曹植的并不是愉悦，“远游临四海，俯仰观洪波。大鱼若曲陵，乘浪相经过。灵鳌戴方丈，神岳俨嵯峨。仙人翔其隅，玉女戏其阿。琼蕊可疗饥，仰首吸朝霞。昆仑本吾宅，中州非我家。将归谒东父，一举超流沙。鼓翼舞时风，长啸激情歌。金石固易敝，日月同光华。齐年与天地，万乘安足多”（《远游篇》）。这种表面上的欢愉难以掩饰作者内心的悲伤之情。

曹植的五言诗取得了非常高的成就，钟嵘曾评其诗云：

“骨气奇高，辞采华茂，情兼雅怨，体被文质，粲溢今古，卓尔不群”（《诗品·序》）。“骨气奇高，辞采华茂”就是对曹植五言诗的总体评价，具体说来，大致表现为以下几个方面。

首先，善用比兴。曹植发展了《诗经》《楚辞》以来的比兴手法，并寄以深厚的情感，创造出情景交融、韵味深长的艺术境界，借此寄寓自己怀才不遇的困顿愁情，以及对现实的深刻思考。具体而言，曹植的诗歌中对比兴手法的运用大致有两种。一种是整首诗用比兴，如《七哀诗》借怨妇之口倾诉自己政治上被遗弃的幽怨之情；《弃妇诗》以美丽的石榴花比兴，诉说自己空有一番理想而难以施展的忧愤之情。另一种是部分诗句用比兴的手法，如“人生处一世，去若朝露晞”（《赠白马王彪》）以“朝露晞”比喻人生短暂，寄寓自己的人生幻灭之感；“雄飞窜北朔，雌惊赴南湘。弃我交颈欢，离别各异方”（《失题诗》）以雄雌双鸟南北相背而飞比喻骨肉分离等。这些比兴手法的运用，使曹植诗歌抒情的指向性十分明确，无论喻体是什么，均抒发主体的情感。

其次，工于发端。对于古诗的章法，元人范德玑曾云：“作诗有四法：起要平直，承要春容，转要变化，合要渊水”（《诗格》）。“起”就是诗歌的开头，亦即发端。所谓“平直”就是平易质直。“起”句为一诗之首句，地位很重要，往往有统率全诗、奠定基调，渲染气氛、铺垫意境的作用。故“平直”的要求恐怕远远不足。事实上古人都非常重视诗歌的开头，曹植就是一例。如《赠徐幹》首句“惊风飘白日，忽然归西山”中“惊”“飘”“忽然”就极富功力。“惊”写风力之大，以及给人的心理紧迫感；“飘”状太阳之漂移的动态，又加强了风的凌厉疾速和人的紧迫；“忽然”写太阳归山速度之快，反衬风力之迅猛。读者不仅心生疑窦：什么样的风有如此之威力？通读全篇，我们恍然大悟，原来并不是自然界之风，而是作者将时光易逝、人生苦短的自我感受融入日常自然景观的描绘之中。这样的开头托物起兴，烘托铺垫，渲染气氛。又如“白马饰金羁，连翩西北驰”（《白马篇》）、“明月照高楼，流光正徘徊”（《七哀诗》）、“高树多悲风，海水扬其波”（《野田黄雀行》）等都是工于发端的好例证。因此，清人沈德潜盛赞曹植“最工起调”（《古诗源》）。

再次，将乐府诗以叙事为主转变为以抒情为主。叙事性是汉乐府最显著，也是最基本的特征，这是由其“感于哀乐，缘事而发”（《汉书·艺文志》）的创作精神所决定的。曹植的诗歌中，乐府诗所占的比重很大，特别是五言乐府。这些诗歌改变了汉乐府诗以叙事为主的特征，全部是乐府抒情诗。如《吁嗟篇》是拟乐府古题《苦寒行》而作，原题已失，今存曹操之作，“晋乐奏魏武帝《北上篇》，备言冰雪溪谷之苦。其后或谓之《北上行》，盖因武帝辞而拟之也”（《乐府解题》）。曹操《苦寒行》是其率兵亲征高干，途经太行山著名的羊肠坂道时所作。全诗描写了委曲如肠的坂道、风雪交加的征途、食宿无依的困境，以叙事为主，兼抒其内心的悲伤之情。曹植的《吁嗟篇》一变传统的写法，纯以抒情为主：“吁嗟此转蓬，居世何独然。长去本根逝，宿夜无休闲。东西经七陌，南北越九阡。卒遇回风起，吹我入云间。自谓终天路，忽然下沉泉。惊飚接我出，故归彼中田。当南而更北，谓东而反西。宕若当何依？忽亡而复存。飘飖周八泽，连翩历五山。流转无恒处，谁知吾苦艰。愿为中林草，秋随野火燔。糜灭岂不痛，愿与株荄连”。全诗纯写转蓬，实为转蓬的咏物诗。“转蓬”，意即“征蓬”，即飞蓬，飞向远方的蓬。“蓬”，草名，俗称扎莫棵。蓬草一干分枝数十计，枝上生稚枝，密排细叶，枯后往往在近根处被风折断，由于外呈圆形，似草球，遇春风就被卷起飞旋，所以也叫“飞蓬”“飘蓬”“转蓬”“孤蓬”。曹植写蓬草随风飘起，“经七陌”“越九阡”“入云间”“下沉泉”“当南而更北”“东而反西”的经历，借以抒写自己孤独漂泊的人生悲剧。全诗以“转蓬”自喻，水乳交融，物我无间，很好地抒发了曹植“十一年中而三徙都”的悲愤之情。此外，如《白马篇》《薤露篇》《美女篇》《浮萍篇》均是以抒情为主的乐府诗。

最后，辞藻华丽。曹植的诗歌注重语言辞藻的华丽、艳美，给人以视觉上的美的享受。胡应麟曾说：“子建《名都》、《白马》、《美女》诸篇，辞极赡丽，然句颇尚工，语多致饰。视东西京乐府，天然古质，殊自不同。”（《诗薮·内编》卷二）胡氏之评是中肯的，不仅《名都》《白马》《美女》诸篇，曹植所有五言诗都具有辞采华茂的特点。如“石榴植前庭，绿叶摇缥青。丹华灼烈烈，璀采有光荣。光荣晔流离，可以处淑灵”（《弃妇篇》），用极为华赡的语言描绘石榴，用“灼烈烈”形容石榴花开得鲜艳如火，“璀采”形容石榴光彩明亮的样子。这些浓墨重彩的词语将石榴花开的情景写得极为美好。又如“阊阖启丹扉，双阙曜朱光。徘徊文昌殿，登陟太微堂。上帝休西棂，群后集东厢。带我琼瑶佩，漱我沆瀣浆。踟蹰玩灵芝，徙倚弄华芳。王子奉仙药，羡门进奇方”（《五游咏》），不仅辞藻华美，而且全部用对偶的手法，描绘出一幅缥缈绮丽的天宫仙景，同时也呈现给读者自己在天宫中受到隆重接待的画面。再如“归鸟赴乔林，翩翩厉羽翼”（《赠白马王彪》）与“游鱼潜绿水，翔鸟薄天飞”（《情诗》），节奏鲜明，音调铿锵，平仄协调，韵脚合韵，具有一种整齐之美与抑扬之美，读起来朗朗上口，使人听之忘倦。

3 洛神一赋动天下

曹植曾言自己喜好作赋，“余少而好赋，其所尚也，雅好慷慨，所著繁多。虽触类而作，然芜秽者众，故删定，别撰为《前录》七十八篇”（《前录自序》）。曹植有78篇赋，今存54篇（包括残篇）。这些赋题材广泛，涉及咏物、行役、言志、爱情、游猎等众多领域。与其诗歌一样，曹植的赋以辞藻的华美和抒情的真挚见长。如“于是仲春之月，百卉丛生，萋萋蔼蔼，翠叶朱茎，竹林青葱，珍果含荣。凯风发而时鸟欢，微波动而水虫鸣。感气运之和顺，乐时泽之有成”（《节游赋》），用华丽的语言为我们勾勒出邺都春日壮丽的美景，花草丛生，朱翠相映，竹林青葱，果木含蕊，和风轻拂，水荡微波，虫鸟欢唱，景色醉人。春日丽景的描绘为下文抒写建功立业的豪情壮志作铺垫，全赋情调积极乐观。又如“青云郁其西翔，飞鸟翩而止匿。欲纵体而从之，哀余身之无翼。大风隐其四起，扬黄尘之冥冥。鸟兽惊以来群，草木纷其扬英。见游鱼之涔灂，感流波之悲声”（《感节赋》），用华美的语言为我们描摹了一幅可怕的情景，飘忽不定的层云、高翔匿形的飞鸟、呼啸而来的狂风、被黄沙遮住的阴晦天空、惊慌失措而四处索群的野兽、纷纷飘落的树叶、水中出没的游鱼、发出阵阵悲鸣的流波，这些悲戚的景色与曹植后期长期郁郁不得志的心境相契合。曹植的赋取得了很高的成就，被时人誉为“赋颂之宗，作者之师”（吴质《答东阿王书》）。而给曹植带来巨大声誉的则是《洛神赋》。

洛神赋图（局部一）

黄初四年（223），曹植自京师洛阳返回封邑（鄄城）的途中，渡过洛水，有感于楚王遇见神女的故事，遂写下著名的《洛神赋》。相传本篇原名《感甄赋》，是曹植有感于魏文帝曹丕之妃甄氏逝世而作。《洛神赋》的主题众说纷纭，大致可归为两类，一是爱情主题，如感甄说、青年恋爱说、爱情失落说等；二是政治主题，如寄心文帝说、政治理想说、政治遗怀说等。因此，弄清楚作品的主题，是我们正确理解《洛神赋》

的首要问题。

关于本篇创作动机，曹植曾云：“古人有言，斯水之神，名曰宓妃。感宋玉对楚王说神女之事，遂作斯赋”（《洛神赋序》）。“楚王神女之事”，宋玉曾作《高唐赋》与《神女赋》两篇作品，《高唐赋》写楚王梦中与巫山神女艳遇之事，《神女赋》塑造巫山神女的美丽形象。曹植《洛神赋》既写艳遇，又写洛神之美，很显然是对宋玉《高唐赋》《神女赋》二赋的模拟。楚王与巫山神女之事属子虚乌有，因此曹植《洛神赋》未必有实事。既然是模仿，洛神当然有巫山神女的影子；宓妃是洛水之神，洛神亦有宓妃之影像；甄氏是当时之美女、曹丕之妻，洛神亦有甄氏之故实；此前不久，曹植妻崔氏病故，故洛神也有崔氏之影迹。因此，曹植《洛神赋》中的洛神，未必真有其人，而是综合了上述四位女性的特点的代名词——美女。那么，曹植写美女的用意何在？《洛神赋》的末尾露出端倪：“于是背下陵高，足往神留，遗情想像，顾望怀愁。冀灵体之复形，御轻舟而上泝。浮长川而忘返，思绵绵而增慕。夜耿耿而不寐，霑繁霜而至曙。命仆夫而就驾，吾将归乎东路。揽騑辔以抗策，怅盘桓而不能去。”曹植“怅盘桓而不能去”的原因是什么？难道是垂涎于美色？如果是那样，曹植就是一个好色之徒。然在目前所见之资料中，未有曹植好色的记载，故曹植猎色是不可能的。因此，曹植《洛神赋》沿用了《楚辞》香草美人的比兴手法，以男女关系譬喻君臣关系，美人喻皇帝曹丕，这与曹植的《美女篇》中“美人”自指略有不同。

《洛神赋》全篇大致可分为六层。第一层写作者从洛阳回封地途径洛水时，人困马乏，在精神恍惚中看见了伫立在山崖的洛神；第二层写洛神的容仪服饰之美，体态袅娜，面容妩媚，宛若天仙；第三层写作者对洛神的爱慕之情得到应允，洛神约诗人到她的深渊居所相会，可作者又有所狐疑而不敢前往；第四层写洛神知道作者的处境，领悟其真诚，便像鹤一样独立，低首徘徊，心情忧郁而与众神归去；第五层写作者与洛神心心相印，心意相通，然人神道殊，不得相聚，心中不免感慨凄凉；第六层写作者对洛神一往情深，别后辗转相思，希望她再次出现，甚至要驾着轻舟，逆流而上去追寻她。综合全篇，《洛神赋》表达了作者与美人不能相见的苦闷之情。究其原因，一是人神迥异，有情人难成眷属；二是洛神是作者精神

洛神赋图（局部二）

的寄托，是理想的国君，她只能存在于想象之中，现实中难以找到，倍感失落；三是对作者而言，帝王之位与己无缘，兄弟手足之情难继，自己不仅受到猜忌，而且被人监视，无奈之余又感到悲哀和愤懑。

《洛神赋》写得最精彩、备受后人高度赞誉的是第二层，描写洛神之美：

> 其形也，翩若惊鸿，婉若游龙，荣曜秋菊，华茂春松。髣髴兮若轻云之蔽月，飘飖兮若流风之回雪。远而望之，皎若太阳升朝霞。迫而察之，灼若芙蕖出渌波。秾纤得中，修短合度。肩若削成，腰如约素。延颈秀项，皓质呈露，芳泽无加，铅华弗御。云髻峨峨，修眉联娟，丹唇外朗，皓齿内鲜。明眸善睐，辅靥承权，瓌姿艳逸，仪静体闲。柔情绰态，媚于语言。奇服旷世，骨像应图。披罗衣之璀粲兮，珥瑶碧之华琚。戴金翠之首饰，缀明珠以耀躯。践远游之文履，曳雾绡之轻裾。微幽兰之芳蔼兮，步踟蹰于山隅。于是忽焉纵体，以遨以嬉。左倚采旄，右荫桂旗。攘皓腕于神浒兮，采湍濑之玄芝。

想象丰富，词采流丽，对洛神的描绘细腻精工，故受到历代评论家的称赞。首写其姿容。体态轻盈婉转，柔美动人，翩然若惊飞的鸿雁，婉约若游动的蛟龙，容光焕发如秋日下的菊花，体态丰茂如春风中的青松。时隐时现像轻云笼月，浮动飘忽似风吹落雪。远而望之，明洁如朝霞中升起的旭日；近而视之，鲜丽如绿波间绽开的新荷。作者用高度凝练的语言、生动鲜明的博喻，粗线条地勾勒出一幅朦胧的美人图。次写其细部。高耸的发髻，弯曲细长的眉毛，鲜润的红唇，洁白的牙齿，明眸善睐的眼睛，甜美的酒窝，高矮胖瘦适中，不施脂而美，不敷粉而娇，姿态优雅妩媚，举止温文娴静，情态柔美和顺，语词得体可人。作者用墨如泼，精雕细刻，工笔描绘，将洛神之美一一呈现出来。再写其服饰。明丽的罗衣、精美的佩玉、金银翡翠的首饰、饰有花纹的远游鞋、薄雾般的裙裾，隐隐散发出幽兰的清香。作者写服饰之美，是为了衬托人之美。三个不同层面的描绘，把洛神之美写到难以复加的地步。这段文字长短错落，两两相对，对偶成文，排比连用，双声叠韵词和韵脚合理安排，读起来音韵和谐，婉转流畅，如风行水上，轻柔流转，畅快淋漓。

曹植的《洛神赋》，因东晋书法家王献之将其写成《洛神赋十三行》（简称《十三行》《洛神赋帖》），画家顾恺之将其创作成《洛神赋图》之后，声誉更高，影响更大。唐人李商隐曾作“来时西馆阻佳期，去后漳河隔梦思。知有宓妃无限意，春松秋菊可同时”（《代魏宫私赠》），依然津津乐道于曹植与甄氏的香艳故事。也有部分文人把《洛神赋》看作是人神恋爱的故事，如李白云：“洛浦有宓妃，飘飖雪争飞。轻云拂素月，了可见清辉。解佩欲西去，含情讵相违。香尘动罗袜，绿水不沾衣。陈王徒作赋，神女岂同归？好色伤大雅，多为世所讥”（《感兴八首》之二）。

4 辞清体赡的章表

曹植的文章成就亦高，刘勰曾评之为“陈思之文，群才之俊也”（《文心雕龙·指瑕》）。就文体而言，曹植的文章有章、表、书、论、说、令、序、颂、赞、碑、诔等多种，尤以章表的成就最高。

“章”和“表”是臣僚上书帝王的两种文体，刘勰曾指出二者略有不同，“章以谢恩……表以陈情”（《文心雕龙·章表》），“章”是用来谢恩的，“表”是用来陈情的。曹植的章表均取得了很高的成就，刘勰称赞说“体赡而律调，辞清而志显”（《文心雕龙·章表》）。

曹植的“章”今仅存《封二子为公谢恩章》和《改封陈王谢恩章》两篇，均为曹植后期作品。《封二子为公谢恩章》作于文帝曹丕黄初三年（222），是曹植之子曹苗被封为高阳乡公、曹志被封为穆乡公后所上的谢恩奏章：“文无升堂庙胜之功，武无摧锋接刃之效，天时运幸，得生贵门。遇以亲戚，少荷光宠，窃位列侯，荣曜当世。顾景惭形，流汗反侧。洪恩罔极，云雨增加，既荣本干，枝叶并蒙。苗、志小竖，既顽且稚。猥荷列爵，并佩金紫。施崇一门，惠及父子”，感激涕零，溢于言表。《改封陈王谢恩章》作于明帝曹叡太和六年（232），是曹植被封为陈王后，依例所上的谢恩文：“臣既弊陋，守国无效，自分削黜，以彰众诫。不意天恩滂霈，润泽横流，猥蒙加封。茅土既优，爵赏必重。非臣虚浅，所宜奉受，非臣灰身，所能报答”。文辞典雅，委婉含蓄，幽怨之情不难窥见。曹植的这两篇“章”多用四字句，注重对偶与声律，情感浓郁，与传统“章”体文大异其趣，具有较强的文学性。

曹植的“表”今存33篇，除《求祭先王表》作于建安年间外，其余均写于曹丕称帝之后。这些作品内容极为广泛，有庆贺的，如《庆文帝受禅表》；有谢恩的，如《转封东阿王谢表》；有谢罪的，如《责躬表》；有献颂的，如《冬至献袜履颂有表》；有请求的，如《请赴元正表》；有劝谏的，如《谏伐辽东表》；有自荐的，如《求自试表》；等等。这些作品，均取得了很高的成就，刘勰曾评之为“陈思之表，独冠群才”（《文心雕龙·章表》）。其中最具代表性的是《求自试表》、《陈审举表》、《求通亲亲表》和《谏伐辽东表》4篇。

热情讴歌自己的政治理想，是曹植“四表”中一以贯之的思想。在《求自试表》中，曹植分析了曹魏面临“西尚有违命之蜀，东有不臣之吴，使边境未得税甲，谋士未得高枕者”的处境，申述自己报效国家的雄心壮志：

> 窃不自量，志在授命，庶立毛发之功，以报所受之恩。若使陛下出不世之诏，效臣锥刀之用，使得西属大将军，当一校之队；若东属大司马，统偏师之任。必乘危蹈险，骋舟奋骊，突刃触锋，为士卒先。虽未能擒权馘亮，庶将虏其雄率，歼其丑类。必效须臾之捷，以减终身之愧，使名挂史笔，事列朝荣。虽身分蜀境，首悬吴阙，犹

生之年也。

曹植愿率领一支小部队，身先士卒，冲锋陷阵，建立擒获孙权、斩首诸葛亮、歼灭孙刘全部军队的功勋，即使身死西蜀，命丧东吴，也没有遗憾。慷慨陈词，理足情切，披肝沥胆，让人血脉必张。此外，如“愿得策马执鞭，首当尘露，撮风后之奇，接孙吴之要，追慕卜商，起予左右，效命先驱，毕命轮毂，虽无大益，冀有小补。然天高听远，情不上通，徒独望青云而拊心，仰高天而叹息耳”（《陈审举表》），“若得辞远游，戴武弁，解朱组，佩青绂，驸马、奉车，趣得一号，安宅京室，执鞭珥笔，出从华盖，入侍辇毂，承答圣问，拾遗左右，乃臣丹情之至愿”（《求通亲亲表》）等，都表达了建功立业的雄心。曹植感情充沛浓郁，态度鲜明，报国之志切，勤王之意明，然而这些换来的却是魏明帝曹叡的冷漠与猜忌，悲愤之情填满胸怀。这两篇表感情浓厚，慨当以慷，豪迈奔放，体现了曹植“表”体文的特色。

指斥政治弊端，陈述自己的政治主张，是曹植“四表”的另一重要思想。《求通亲亲表》由古代贤君明主先亲后疏的正确理论和成功的实践入手，提出“愿陛下沛然垂诏”以通亲亲的请求：

近且婚媾不通，兄弟永绝，吉凶之问塞，庆吊之礼废，恩纪之违，甚于路人；隔阂之异，殊于吴越。今臣以一切之制，永无朝觐之望。至于注心皇极，结情紫闼，神明知之矣。然“天实为之，谓之何哉！”退省诸王，常有戚戚具尔之心。愿陛下沛然垂诏，使诸国庆问，四节得展，以叙骨肉之欢恩，全怡怡之笃义。妃妾之家，膏沐之遗，岁得再通，齐义于贵宗，等惠于百司。如此，则古人之所叹，风雅之所咏，复存于圣世矣！

曹植认为，当时的曹魏存在姻亲不相往来、兄弟不通音信、吉凶不卜、庆吊礼废等不正常现象，导致亲戚之间隔膜加大，与路人无二。因此，他建议魏明帝下诏：诸侯王之间相互问候，四时的节日可以欢聚，以尽骨肉之情，达到兄弟和睦的美好情态；对王侯或太子的妻妾，多赏赐一些膏沐之资，到岁末之时再派人问候。如果能够这样，就可达到圣王之世。曹植非常有远见卓识，他意识到解决曹氏宗族问题至关紧要。曹植的建议没有得到魏明帝曹叡的重视，到曹叡的儿子曹芳继位时，大权旁落司马氏，后曹氏尽废，司马炎称帝改国号晋。如果说《求通亲亲表》专注于政治的话，那么《谏伐辽东表》则是针对军事。太和六年（232），辽东太守公孙渊叛魏归吴，魏明帝派兵征讨，曹植上《谏伐辽东表》陈述利弊，认为征辽东弊大于利，他主张：

臣以为当今之务，在于省徭役，薄赋敛，勤农桑。三者既备，然后令伊管之臣得施其术，孙吴之将得奋其力。若此，则太平之基可立而待，康哉之歌可坐而闻，曾何忧于二敌，何惧于公孙乎！今不息邦畿之内，而劳神于蛮貊之域，窃为陛下不取也。

当务之急要不征徭役，减少税收，劝农蚕桑，发展曹魏经济，然后谋臣运筹帷幄，将士冲锋陷阵，何忧孙、刘二国不降，天下可致太平。曹植的这两篇表，具有较强的针对性，对国家的政治状况、军事态势把握透彻，分析精辟，具有儒家的治国以礼和民本思想，行文有战国纵横家的雄辩严密。

刘勰评价曹植的“表”时说：“观其体赡而律调，辞清而志显，应物制巧，随变生趣，执辔有余，故能缓急应节矣。”（《文心雕龙·章表》）曹植的“表”内容丰富，情志显露，文辞清新，感情充沛，节奏变化合拍，声律协调，代表了古代“表”体文的最高成就。

六　建安文学的余响
——蔡琰等

1　乱世之中铸伟章

蔡文姬，生卒年不详，名琰，原字昭姬，晋时因避司马昭之讳，改字文姬，东汉陈留圉（今河南省杞县）人，东汉大文学家蔡邕的女儿，是中国历史上著名的才女和文学家，精于天文数理，又善诗赋，兼长辩才与音律。

出身于文学家庭的蔡琰，耳濡目染，自幼就留心典籍、博览经史，并有志与父亲一起续修《汉书》，留名青史。16岁时，蔡琰初嫁河东卫仲道，河东卫氏是汉末有学术传统的仕宦之家，卫、蔡联姻可谓门当户对。遗憾的是，卫仲道病逝，因无子之故，蔡琰回归娘家。董卓掌权后，为巩固自己的统治，刻意笼络名满京华的蔡邕，将他一日连升三级，三日周历三台，拜中郎将，后来甚至还封他为高阳侯。各路义军讨伐董

蔡琰

卓，社会大乱，蔡琰在乱离中为胡骑所获，改嫁南匈奴左贤王。蔡琰在南匈奴生活了 12 年，为左贤王养育了两个儿子，并学会了吹奏匈奴乐器——胡笳，甚至也会讲一些异族的语言。曹操与蔡邕向来友善，当其掌握大权后，痛惜蔡邕无子嗣，便派人用重金从南匈奴将蔡琰赎回，再嫁董祀。董祀犯罪当死，蔡琰蓬首跣足为其求情，得曹操宽恕，全其夫妻之情。蔡琰不久病逝，卒年不可知。

蔡琰是历史上有名的才女。相传曹操很羡慕蔡琰家中的藏书，当蔡琰告诉他家中原有四千卷藏书，但在战乱中几乎全部遗失时，曹操表露出深深的遗憾；当其言及自己能背出四百篇时，曹操大喜过望。这虽是个传说，但也反映出蔡琰超乎常人

蔡琰归汉

的才情。

蔡琰的文学作品，在《后汉书·列女传》载有五言《悲愤诗》和骚体《悲愤诗》各1篇；在郭茂倩《乐府诗集》和朱熹《楚辞后语》载有《胡笳十八拍》1篇。关于这3篇作品的真伪，历来争议颇大。宋人始对蔡琰作《胡笳十八拍》提出质疑，明人沿袭宋人说者愈多，清人更众。近代以来则更为复杂，有断其伪者，有辨其真者。郭沫若、高亨、萧涤非、胡念贻等学者肯定《胡笳十八拍》为蔡琰所作，胡适、郑振铎、刘大杰、王运熙、胡国端、谭其骧、逯钦立、刘开扬、李鼎文等学者都认为是伪作。在对《胡笳十八拍》辨析中，也连及骚体《悲愤诗》，认为骚体《悲愤诗》亦系伪作。就目前学术研究的情况来看，骚体《悲愤诗》和《胡笳十八拍》若要系于蔡琰名下，还需更多的证据支撑。关于五言《悲愤诗》是否为蔡琰所作，自宋代苏轼开始，就不断有人质疑其诗中所叙与史实不符的问题。然诗歌不等于历史真实，相比而言，五言《悲愤诗》为蔡琰所作还是比较可靠的。

明人陆时雍在《诗镜总论》中说：“东京风格颓下，蔡文姬才气英英。读《胡笳吟》（即《胡笳十八拍》），可令惊蓬坐振，沙砾自飞，直是激烈人怀抱”盛称蔡文姬的资质与修为。一个博学多才的女子，在乱世中遭遇如此凄惨，足令人感到悲凉与叹息！然其文学才华，终铸成不朽诗篇。

2 五言《悲愤诗》扬美名

蔡琰传世的文学作品，较为可靠的仅五言《悲愤诗》一篇。虽为孤篇，却奠定了她在中国文学史上特有的地位。刘大杰认为，蔡琰的《悲愤诗》和无名氏的《孔雀东南飞》是中国诗歌史上“长篇叙事的双璧”。吴闿生曾说：“吾以谓《悲愤诗》决非伪者，因其为文姬肺腑中言，非他人所能代也。”（《古今诗范》）沈德潜亦说《悲愤诗》的成功“由情真，亦由情深也”（《古诗源》）。由此看来，叙事真实与抒情真挚是五言《悲愤诗》成功之所在。清代诗论家张玉谷曾云：“文姬才欲压文君，《悲愤》长篇洵大文。老杜固宗曹七步，辦香可也及钗裙”（《古诗赏析》），意谓蔡琰之才超过了卓文君，杜甫的《自京赴奉先县咏怀五百字》和《北征》等五言叙事诗显然是受到蔡文姬《悲愤诗》的影响。

《后汉书·列女传》载蔡琰“后感伤乱离，追怀悲愤，作诗二章”。二诗一为骚体，一为五言。骚体《悲愤诗》旨在“追怀悲愤”，五言《悲愤诗》意在“感伤乱离”。因此，五言《悲愤诗》是“感伤乱离”的叙事诗。

五言《悲愤诗》108 句，计 540 字，真实而生动地描绘了诗人在汉末大动乱中的悲惨遭遇，也写出了被掠人民的血和泪，是汉末社会动乱和人民苦难生活的实录，具有史诗的规模和悲剧的色彩。全诗可分为三大段，前 40 句为第一大段，叙述了自中平六年（189）至初平三年（192）董卓之乱的情况。汉季失常，董卓窃权，挟持幼主，逼迁长安，志欲篡弑，神人共愤，誓讨董贼。董卓多行不义，为吕布所杀。李榷、郭汜以为董卓报仇为名，发动叛乱。胡、羌等民族趁机掠夺，诗人自己亦被掳掠至匈奴。“斩截无孑遗，尸骸相撑拒。马边悬男头，马后载妇女。长驱西入关，迥路险且阻”几句用如椽之笔写出了汉末战争带来的巨大灾难，令人扼腕叹息，悲恸失声。“失意几微间，辄言毙降虏。要当以亭刃，我曹不活汝”写出了匈奴人的残暴与凶横。中间 40 句为第二大段，叙写诗人自己在边地的生活、对亲人的思念，以及归汉时不忍弃子、去留两难的悲愤之情。边境萧条，霜雪连绵，胡风不断，很容易引起对亲人的思念之情，增强了酸楚的悲剧气氛。一朝可以回归中原与亲人团聚，却又不得不面临与亲生儿子的诀别，这使人悲痛欲绝，精神恍惚，难以抉择。“儿前抱我颈，问‘母欲何之。人言母当去，岂复有还时？阿母常仁恻，今何更不慈？我尚未成人，奈何不顾思？’见此崩五内，恍惚生狂痴。号泣手抚摩，当发复回疑”12 句采用细节描写与对话的手法，刻画出母别子时五内俱焚、恍惚若痴的悲伤情怀。最后 28 句为第三大段，写诗人归汉以后的遭际。诗人横下决心，割断情恋，踏上归程。归汉后，诗人发现亲人已逝，庭院荒芜，白骨纵横，豺狼出没，茕茕孑立，形影相吊，孤苦无依。再嫁董祀后，诗人虽可以勉强活下去，但常常担心被抛弃，悲剧生活无法解脱，悲愤无时无刻不在，没有终极。

历来不少学者指责五言《悲愤诗》所叙蔡琰行踪与史实不符，事实上这恰恰是本诗成功之所在。五言《悲愤诗》是以蔡琰的生活为基础，融入了汉末广大百姓流离漂泊的境遇，从而勾画出一幅汉末乱离图。诗篇虽以叙事为序，然以抒悲愤之情为旨归，将被掠、杖骂、受侮辱、念父母、别子、悲亲人丧尽、再嫁怀忧等伤心事交织在一起，纵横交错，多层次、多侧面地表现了悲愤之情。沈德潜评此诗说："激昂酸楚，读去如惊蓬坐振，沙砾自飞，在东汉人中力量最大。"（《古诗源》）范文澜先生曾说："《悲愤诗》叙述流离之苦，母子之情，激昂酸辛，笔力强劲。"（《中国通史》）。

3 其他建安文人的创作

"三曹""建安七子"云集邺下，相互酬唱，相互切磋，同气相求，共同创作，促进了建安文学的繁荣。蔡琰也是生活在这一时期，但未能赶上与"三曹""建安七子"的唱和，其诗歌风格也与他们不同，故称之为建安文学的遗响。《三国志·魏志·王卫二刘傅传》有云："自颍川邯郸淳、繁钦、陈留路粹、沛国丁仪、丁廙、弘农杨修、河内荀纬等亦有文采，而不在此七子之列。"遗憾的是，他们的文学作品今多不传。祢衡、繁钦、杨修、吴质等人文学成就略高，他们与蔡琰一样，同属建安文学之遗响。

祢衡（173～198），字正平，平原郡（今山东省临邑县东北）人。祢衡少年时代就表现出过人的才气，记忆力非常好，过目不忘，善写文章，长于辩论，然性格极为狂傲，既看不起别人，又喜好对人恶语相加。他年少时避乱荆州，后至许昌，与孔融、杨修友善，曾口出狂言“大儿孔文举，小儿杨德祖。余子碌碌，莫足数也”（《后汉书·祢衡传》）。因得罪曹操，祢衡被遣送至荆州刘表处，曹操欲借刘表杀之。刘表把祢衡送给江夏太守黄祖，后为黄祖所杀。祢衡的文学作品多散佚，今仅存《鹦鹉赋》、《鲁夫子碑》、《颜子碑》和《吊张衡文》4篇，成就最高的是《鹦鹉赋》。《鹦鹉赋》作于祢衡在江夏之时，该赋初赞鹦鹉的丽容丽姿、聪明辩慧和情趣之高洁，继写鹦鹉身陷笼槛的处境，最后抒写鹦鹉之哀怨：

祢衡

尔乃归穷委命，离群丧侣。闭以雕笼，翦其翅羽。流飘万里，崎岖重阻。逾岷越障，载罹寒暑……眷西路而长怀，望故乡而延伫。忖陋体之腥臊，亦何劳于鼎俎？嗟禄命之衰薄，奚遭时之险巇？岂言语以阶乱，将不密以致危……背蛮夷之下国，侍君子之光仪。惧名实之不副，耻才能之无奇。羡西都之沃壤，识苦乐之异宜。怀代越之悠思，故每言而称斯……期守死以报德，甘尽辞以效愚。恃隆恩于既往，庶弥久而不渝。

作者既忧伤鹦鹉之悲惨境遇，又暗含自己有志难酬、有才无时的愤懑情怀。祢衡《鹦鹉赋》采用了中国传统咏物赋的比兴寄托的手法，语意双关，将鹦鹉与自己的身世遭遇完全融合在一起，物我无间，达到了咏物赋的最高境界。与汉魏六朝的咏物小赋相比较，祢衡《鹦鹉赋》最具魅力之处在于以充沛的情感使以诗言志的古老传统焕发出生机，这就是魏晋南北朝文学理论家津津乐道的“文以气为主”。刘师培先生甚至提出，“文以气为主”是从祢衡开始的。鹦鹉洲因祢衡的《鹦鹉赋》而享有盛名，崔颢《黄鹤楼》里就有“晴川历历汉阳树，芳草凄凄鹦鹉洲”的名句，大诗人李白对祢衡的钦慕怜惜之情尽染笔端：“吴江赋鹦鹉，落笔超群英。锵锵振金玉，句句欲飞鸣。鸷鹗啄孤凤，千春伤我情”（《望鹦鹉洲悲祢衡》）。

杨修（175～219），字德祖，今弘农华阴（今属陕西）人。杨修的远祖杨敞、高祖杨震、曾祖杨秉、祖杨赐、父杨彪皆为汉代三公，故杨修以这样的出身为荣。杨修好学，有才华，是汉末著名的才俊之士，建安年间被举孝廉，担任过郎中、丞相曹操的主簿等职，因卷入曹植与曹丕的夺嫡之争而被处死。杨修的文学作品今仅存赋5篇（包括残篇）、文2篇，著名的是《答临淄侯笺》。临淄侯，即曹植。曹植曾作《与杨德祖书》，杨修《答临淄侯笺》就是对曹植文的回应。杨修在《答临淄侯笺》中盛赞曹植的才华，甚至把他比拟为周武王与周公旦。此论狂逆，势必引起曹操与曹丕的嫉恨。此文最受后人称道的则是下面这段文字：

杨修

今之赋颂，古诗之流，不更孔公，风雅无别耳。修家子云，老不晓事，强著一书，悔其少作。若此仲山周旦之俦，为皆有愆邪！君侯忘圣贤之显迹，述鄙宗之过言，窃以为未之思也。若乃不忘经国之大美，流千载之英声，铭功景钟，书名竹帛，斯自雅量，素所畜也，岂与文章相妨害哉？

与曹植将文学看作雕虫小技不同，杨修认为文学创作是“经国之大美”，可以“流千载之英声”，与功业无二。杨修这种功业与文学并行不悖的思想，与曹丕将文学看作是“经国之大业”如出一辙，具有一定的文学理论意义。杨修《答临淄侯笺》虽辞藻才气不及曹植《与杨德祖书》，然文气老道，气韵流畅，辞意畅达，是建安书信体散文的杰作。

繁钦（？~218），字休伯，颍川（今河南省禹县）人。

繁钦少以文才机辩，得名于汝颍间，长于书记，尤善为诗赋。他曾任丞相曹操的主簿，与曹丕、曹植等邺下文士多有交往，文才颇高。今传其诗8首、赋13篇、文9篇，成就较高的是《定情诗》与《与魏太子书》。《定情诗》用五言体的形式抒写女子失恋的悲伤之情，全诗既有初识的喜悦、热恋时的痴迷，又有被弃的哀怨。特别是诗末写“我”与女子在“东山隅”“山南阳”“西山隅”“山北岑”的约会，迷离恍惚，伤人心魄，动人戚容，心境极为凄凉悲伤。实际上，这首诗与曹植《美女篇》《洛神赋》诸作一样，均采用香草美人的比兴手法，诉说自己怀才不遇的悲伤之情。《与魏太子书》是繁钦写给魏太子曹丕的一封书信，尤以对伶人薛访车子以喉啭演唱的音乐效果的描绘最为令人称道：“暨其清激悲吟，杂以怨慕，咏北狄之遐征，奏胡马之长思，凄入肝脾，哀感顽艳。是时日在西隅，凉风拂衽，背山临溪，流泉东逝。同坐仰叹，欢者俯听，莫不泫泣陨涕，悲怀慷慨。”悲音清越，借助音乐抒写内心的悲伤之情。

吴质（177~230），字季重，兖州济阴（今山东省定陶县西北）人，官至振威将军，假节都督河北诸军事，封列侯。吴质喜好文学创作，得曹丕喜爱，在曹植与曹丕夺嫡之争中，替曹丕出谋划策，立下赫赫功劳，成为曹丕最为看重的人之一。其文学作品多不存，今仅存诗1首，文章7篇，以《答魏太子笺》和《答东阿王书》两篇成就略高。《答魏太子笺》回忆了自己与陈琳、应玚、刘桢、徐幹等人邺下之游的情形，极力颂扬曹丕的文学才能，“伏惟所天优游典籍之场，休息篇章之囿，发言抗论，穷理尽微，摛藻下笔，鸾龙之文奋矣”，同时表达了“游宴之欢，难可再遇；盛年一过，实不可追。臣幸得下愚之才，值风云之会，时迈齿载，犹欲触匈奋首，展其割裂之用也”的理想，渴望建功立业。《答东阿王书》是吴质对曹植《与吴季重书》的回复，以“儒、墨不同，固以久矣，然一旅之众，不足以扬名步武之间，不足以骋迹。若不改辙易御，将何以效其力哉？今处此而求大功，犹绊良骥之足，而责以千里之任；槛猿猴之执，而望其巧捷之能者也”为由，坚决拒绝了曹植“为我张目”的请求。吴质的文章词繁藻丽，典奥实密，颇得建安文学“以气为主写文章”（鲁迅《而已集》）的风气。

七　建安文学的影响
——泽被后世

建安文学是中国文学史上光辉灿烂的篇章，俊才云蒸，作家辈出，佳作如林，各种文体都取得长足的发展，是中国文学史上的黄金时代。它造就了大批最为优秀的诗人，产生了大量艺术成就极高的文学作品，对后代文学产生了极为深远的影响。

首先，文学观念的自觉。中国文学的命运历程一直是在不自觉、半自觉中徘徊，“诗言志”“发乎情，止乎礼仪”都标志着中国文学自先秦至汉代在不自觉中涌动着自觉的因素。经过邺下文人集团的共同活动，显示出了其旺盛的生命力与巨大的社会功用，使人们对文学的认识焕然一新。他们一改两汉“诗教说”的看法，使文学成为表达人的主观感情，表现人的主体意识的文学样式。作家们把注意力放在了个人与社会之间，以主人公的姿态来观察社会，认识自我。表现在作品中，就是文学反映自我的人格、个性、愿望及价值。特别是曹丕

《典论·论文》四科八体的文学分类法，引发了后人对文学主体的关照。如西晋陆机《文赋》将文学分为10类，西晋挚虞《文章流别论》将文学分为12种，萧梁任昉《文章缘起》将文学分为84种，萧梁刘勰《文心雕龙》将文学分为33种，萧梁萧统《文选》将文学分为39种，明代许学夷《诗源辨体》将文学分为100种。这些分类方法，推动着人们对文学的认识越来越细致，对其特点的把握越来越详尽，文学的创作越来越多样化。

其次，建安文学的创作，标志着大规模、社会性文学流派的开始。根据于志鹏、成曙霞《中国古代文学流派辞典》所统计，中国古代文学有297个流派。而真正的文学集团，则始于邺下文人团体，其成员多达100余人，是中国文学史上第一个有组织的文人集团。此后，中国文学流派如雨后春笋般崛起，如南朝萧齐西邸文人团体、唐代秦府十八学士、宋代江西诗派、明代临川派、清代浙西词派等。这些文学流派，或因地域，或因文学主张近似等因素，文人聚集在一起，相互切磋琢磨，推进中国文学的健康、良性发展。

再次，志深笔长、慷慨悲凉的艺术风格成为后世文学创作的旗帜。建安作家能够以乐府旧题写时事，深刻地反映现实，表达个人对社会的看法，抒发对人生、对理想的追求，面对动乱的社会、漂泊的人生，产生的不是消极逃避，而是积极参与。同时，他们注重同与之相应的艺术形式的结合，达到文质彬彬的艺术境界，这种艺术创作风格成为后世学习的典范。左思有感于壮志难酬、社会黑暗之后创作中形成的“左思风力”，是建安风骨的最直接体现者。唐初陈子昂直接以“汉魏风骨”作为文学风格追求的目标，他认为“骨气端翔”“光英朗练”的作品才可以与建安风骨相媲美。李白在追求清真自然，反对刻镂雕琢的文风时，也是标举建安文学。宋代严羽在《沧浪诗话》中指出“建安之作，全在气象，不可寻枝摘叶”，要求以建安文学为师，方可称得上入门正。严羽的建安气象的提法，实源于建安风骨。

最后，建安文学在辞采与形式方面对六朝文学的影响更是显而易见的。辞采方面，曹丕“诗赋欲丽”（《典论·论文》）的理论总结与曹植“词采华茂”的创作实践，成为六朝文学遣词新奇、造句精审、对偶工整、雕琢细腻诗风的源泉。天才作家曹植“骨气奇高，辞采华茂”（钟嵘《诗品》）的文学创作，昭示着优秀的文学作品应该是充实的思想内容与华丽的形式的结合。自正始以后，文学家将“骨气奇高”置之脑后，把“辞采华茂”发展到极致，更多地注重文学华丽的辞藻，使文学走上了“俪采百字之偶，争价一句之奇，情必极貌以取物，辞必穷力而追新”（《文心雕龙·明诗》）的形式主义道路。形式方面，建安文学不仅使五言诗更加成熟，达到炉火纯青的程度，也使四言诗重放光彩。同时七言诗也首开先河，并取得初步成就。这对南北朝五言四句的小诗，以及唐代的近体体的成熟都有重要的影响。

参考文献

1. 司马光撰，胡三省注《资治通鉴》，中华书局，1956。
2. 曹操、曹丕撰，黄节注《魏武帝魏文帝诗注》，人民文学出版社，1958。
3. 陈寿撰，裴松之注《三国志》，中华书局，1959。
4. 范晔撰，李贤等注《后汉书》，中华书局，1965。
5. 曹操撰《曹操集》，中华书局，1974。
6. 王粲撰，俞绍初校点《王粲集》，中华书局，1980。
7. 俞绍初编《建安七子集》，中华书局，1989。
8. 曹植撰，赵幼文校注《曹植集校注》，人民文学出版社，1998。
9. 曹操、曹丕、曹植撰，孙明君选注《三曹诗选》，中华书局，2005。
10. 吴云编《建安七子集校注》，天津古籍出版社，2005。
11. 曹丕撰，魏宏灿校注《曹丕集校注》，安徽大学出版社，2009。

12. 李宝均：《曹氏父子和建安文学》，上海古籍出版社，1978。

13. 刘知渐：《建安文学编年史》，重庆出版社，1985。

14. 万绳楠：《魏晋南北朝文化史》，黄山书社，1989。

15. 赵东栓：《中国文学史话（魏晋南北朝卷）》，吉林人民出版社，1998。

16. 徐公持：《魏晋文学史》，人民文学出版社，1999。

17. 吕思勉：《三国史话》，中华书局，2009。

后　记

《建安文学史话》这本书是命题作文。笔者对建安文学仰慕已久，惜没有一个很好的机会进行全面关照。通过这本书的撰写，笔者再次领略到建安文学的辉煌。曾几何时，曹操金戈铁马、横槊赋诗的场景令无数文人为之折腰；曹丕“经国之大业、不朽之盛事”的宏论，令人们唏嘘不已；曹植所塑造的迷离彷徨、虚无缥缈、如诗如画的洛神世界，令人们梦牵魂绕；“建安七子”各聘才华，与曹氏父子相互切磋，共同促成邺下风流，令人羡慕不已。灾难深重的建安时代，成就了一批伟大的作家，铸就了一篇篇优秀的作品。在中国文学史上，那些有成就的作家，无不以建安文学为师，创造出精美绝伦的篇章。这样的时代文学，怎能不令人着迷？

本书写作时间仓促，但笔者丝毫不敢懈怠，在版本的选择上，以《曹操集》（中华书局 1974 年版）、魏宏灿《曹丕集校注》（安徽大学出版社 2009 年版）、赵幼文《曹植集校注》（人民文学出版社 1998 年版）、俞绍初《建安七子集》（中华书局 1989 年版）为准，即使标点符号也一如原本。在具体撰写过程中，笔者参考了学术界对建安文学研究的最新成果，由于格式所限，未能一一注明，在此深表歉意。笔者的写作目标是，通过本书尽可能客观地描述建安文学的全貌。由于笔者本人水平有限，敬请学人批评指正。

在本书即将付梓之际，我要特别感谢恩师刘跃进先生。刘老师公务繁忙，但他挤时间审阅此书，并提出了许多建设性的修改意见。我还要感谢社会科学文献出版社的王玉霞编辑，无论是文字的润色，还是错误的校勘，她都付出了大量的心血。没有她的辛苦编辑，我这本书不可能这么早面世。

柏俊才

2015 年 6 月于武昌桂子山

史话编辑部

图书在版编目(CIP)数据

建安文学史话/柏俊才著. —北京：社会科学文献出版社，2015.8
（中国史话）
ISBN 978-7-5097-7564-6

Ⅰ.①建… Ⅱ.①柏… Ⅲ.①建安文学-古典文学研究 Ⅳ.①I209.342

中国版本图书馆CIP数据核字（2015）第117450号

"十二五"国家重点图书出版规划项目

中国史话·文化系列
建安文学史话

著　　者 / 柏俊才

出 版 人 / 谢寿光
项目统筹 / 黄　丹　王玉霞　　责任编辑 / 王玉霞

出　　版 / 社会科学文献出版社·史话编辑部（010）59367143
地址：北京市北三环中路甲29号院华龙大厦　邮编：100029
网址：www.ssap.com.cn
发　　行 / 定制出版中心（010）59366509　59366498
市场营销中心（010）59367081　59367090
读者服务中心（010）59367028

印　　装 / 三河市尚艺印装有限公司
规　　格 / 开　本：889mm×1194mm　1/32
印　张：4.75　字　数：80千字
版　　次 / 2015年8月第1版　2015年8月第1次印刷
书　　号 / ISBN 978-7-5097-7564-6
定　　价 / 25.00元